U0459193

月亮与石头对话
——拾贝边地文化

张再学 著

德宏民族出版社

图书在版编目（CIP）数据

月亮与石头对话：拾贝边地文化/张再学著. --
芒市：德宏民族出版社, 2018.11
ISBN 978-7-5558-1110-7

Ⅰ.①月… Ⅱ.①张… Ⅲ.①散文集—中国—当代
Ⅳ.①I267

中国版本图书馆CIP数据核字（2018）第231073号

书　　名：月亮与石头对话：拾贝边地文化				
作　　者：张再学　著				
出版·发行	德宏民族出版社	责 任 编 辑	银传秀
社　　址	德宏州芒市勇罕街1号	责 任 校 对	毕　兰
邮　　编	678400	封 面 设 计	陈连全
总编室电话	0692-2124877	发 行 部 电 话	0692-2112886
汉 文 编 室	0692-2111881	民 文 编 室	0692-2113131
电 子 邮 件	dmpress@163.com	网　　址	www.dmpress.cn
印　　刷	昆明龙昇印务有限公司		
开　　本	787mm×1092mm　1/16	版　　次	2018年11月第1版
印　　张	11.5	印　　次	2018年11月第1次
书　　号	ISBN 978-7-5558-1110-7	定　　价	40.00元

序

满树花朵皆绽放……

张再学同志长期工作在基层，与各族群众保持着深厚的情感，这是他创作的源泉。当地民族的特质文化都能形象深刻地反映在他的作品里，字里行间溢满浓郁的乡土气息，在平凡的生活中谱写了扣人心弦的音符。读罢他的散文集，我就在琢磨"文如其人"这句话，感觉该书文风淳朴、大气，言辞隽永，血肉与灵魂蕴含着真实的情感。由此可见作者与基层群众长期相濡以沫，"我"的思想情感与各族群众交汇相融，文章凝聚着丰沛的民情民意。

从一定程度上讲，写作是个寂寞的事业，没有恒心，没有那份心境是难以坚持的。作者善于观察和思考，在工作中学习，在生活中体验，30余年来，他始终保持着良好的心态，为人谦和，性格沉稳，追求宁静、淡泊的精神境界，辛勤耕耘着自己所热爱的事业之田。脚步踏遍芒市的山水，从广袤的田园到宁静的山乡，用心灵的笔触描绘人生的画卷。

热爱芒市这片土地、热爱芒市民族文化、热爱文学创作的他，从未放下辛勤耕耘之笔，无论多晚，事情再多，都会用精彩的文字记录下芒市的每一个美丽的瞬间。经过多年的艰苦创作，他先后写下了《在秋色里复活》《山风幽怨》《旅缅归来》《乘象国神韵》《怀念牧歌》等一批优秀的文学作品。其中，《乘象国神韵》荣获2014年滇西文学奖。他执笔的《贝叶书写的文明》《古老的茶农》这两本写傣族和德昂族的散文体史书，在体例、笔法和思想深度上有了新的突破，受到读者欢迎。

即将付梓出版的《月亮与石头对话》是一本散文集，感性的记述和理性的思考相结合，文笔与史笔相结合，集民族性、历史性、趣味性、资料性等为一体，鲜活而深刻地展示了德宏少数民族文化，许多文章表现出独到的见解和作者驾驭文字的能力。散文立意深刻、语言令人陶醉，那些流畅的言辞、巧妙的形容、厚重的民族文化和新颖的写作手法令人折服。他的散文就像一条涓涓小溪，蕴含着丰富的民族文化，真挚的情感缓缓流进读者的心中，让人意犹未尽，值得一读。

文学创作必须具有地方特色，融入更多的地方民族文化，只有这样，才能深层次展现一方民情民风，并具有旺盛的生命力。作者多年来认真学习和研究地方史，注重了解当地民族的发展史，经常阅读史籍，查阅文献，与民间文化人士交谈，从历史渊源、宗教文化到民风民俗等积累了大量的感性的东西，为写作奠定了坚实的基础。所以，他的作品不论是小说还是散文都具有浓厚的民族文化韵味，具有自己的个性，人物塑造不是标签式的，而是能反映出内在的特质。

时代在进取，边地生活七彩斑斓，一个热爱文学事业的同志仍然奋战在创作的前线，他依旧手不释卷，孜孜不倦地吸取着各种知识；依旧辛勤耕耘，积极向更高的水平奋进；依旧培养人才，为芒市文学库不断输送新鲜的血液。而今，他将多年创作的散文集结成书，让我们不仅领略到一个本土作者的文学风采，更让我们看到一个对芒市这片土地爱得深沉，倾注大量心血的赤子和他那颗永不褪色的真心。

杨顺昌

二〇一八年十月二十七日

目　录

开　篇

聆听月亮与石头对话，让文化的魅力撼动我们的心扉。

思维穿越时空，可以抚摸岁月的温度，五千年的始端，是一片寂寞清冷的苍穹，神秘的华夏大地期待着一个民族的兴起，古老的部落族群开始萌动。其实，萌动的不仅是黄河摇篮，还有方圆千里的群山峡谷，随着时序的推进，逐渐演绎成具有民族性和区域性的文化，渗透于生产生活及社交活动之中，以农事活动、婚丧嫁娶、宗教信仰、服饰礼仪、饮食居家、音乐舞蹈、文学艺术或是战争等为载体，各自彰显魅力，横亘时空，逾越千古。观之，五彩纷呈，千姿百态，闻之，宛如天籁之音，洗古润今。这是一种与中原文化迥异的物质文明和精神奇葩。但从古至今，文化不会孤立地延续，它是相通的，大地石头千千万，他们通过与月亮的对话形成共鸣，亘古的"媒体"传递心声，抒发情感，表达愿望，相互融通，相互交流，共同发展。

边疆少数民族文化与内地中原文化在形式和内容上看似大相径庭，但很多方面有着相通的理念和内在的联系，各少数民族从远古走来，为中国文化做出了很大贡献，为祖国文化宝库添彩增光。56个民族千秋各异，诸多故事鲜为人知，他们的信仰和追求源自遥远的时代，同为华夏儿女，文化一脉相承，其共同点是一种家园情怀、爱国之心，并早已凝结成巨大的精神体系，在960万平方公里拥有同一块天空，在风华盛世的今天，孕育着一个大国之梦。在此，笔者为你拉开岁月的幕布，拨动那些响亮的音符；将你带进风情万种的边地，了解那些神采飞扬的历史掌故，聆听月亮与石头对话，让文化的魅力撼动我们的心扉。

耐人寻味的地名

老虎守卫的村庄，地名是英雄的名字。

新中国成立前这里虽被视为外之区，地理环境偏远，高山大川纵横，语言存在障碍，但偏远而不闭塞，遥远而不寂寞。鲲鹏展翅，凤鸣岐山，自 20 世纪 50 年代初开始，外部力量的影响促进了这个地区的发展，一个绿色的小城喧嚣了半个多世纪。

这就是古老而年轻的边城芒市。傣族、景颇族、德昂族、阿昌族、傈僳族同为世居少数民族，世代繁衍生息在这里。在五个世居民族中，傣族和德昂族是最早居住在这块土地的民族，具有悠久的历

史，不同时期的史籍有记载。远古的芒市神秘而粗犷，人与自然演绎了英雄的土地。聆听雄浑的鼓声，铺开折叠的时光，我们与千年芒市相遇。芒市的早期称为"茫施"，傣族和德昂族称他们居住的地方为"勐"，"茫"是村寨的意思，而"施"同样是上述两个民族的语言，意为"老虎"。相传，上古时代，一只暴虐的猛虎经常伤害人畜，有个勇敢的人披上虎皮，装扮成虎，融入虎群，终日与虎为伍，出没山林，最后将那只凶猛的老虎驯服，使其成为守卫村庄的忠诚卫士。这位驯虎者智勇双全，是人们心目中的大英雄，于是，"茫"和"施"二字合并在一起，变成英雄的名字。随着时间的推移，"茫施"演变成部落的名称，唐代史书用"茫蛮"记载他们，元、明则用"金齿"记载他们。唐樊绰的《云南志》载："茫蛮部落……茫是其君之号，蛮呼茫诏。……又有大赕、茫昌、茫盛恐、茫鲜、茫施，皆其类也。"唐初，以乐城为中心的地区（今芒市）称茫施、茫施蛮，属金齿部，隶剑南道姚州都督管辖。宋朝易名怒谋，属永昌府。在元代，傣族被称为"金齿百夷"，简称为"金齿"或者"百夷"。《元史》中今滇西傣族具有"金齿白夷""金齿""金齿蛮""金齿国"等多种称呼；《明史·云南土司传·芒市》说："芒市，旧曰怒谋，又曰大枯赕、小枯赕，即唐史所谓茫施蛮也。"

如果说本土民族的记忆被赋予太多的传奇色彩，史书的记述过于简略，那么科学的考证毋庸置疑。考古学家曾在当地的五岔路乡、中山乡发现新石器时代遗址，一个雨林部落的背影晃动在时光隧道的远方。早几年，在芒市的中山还发现了野生稻，这一原始物种提供了远古信息，历史可以佐证，傣族先民和德昂族先民在采摘、育种过程中有过怎样的思考。失败的懊恼，成功的惊喜，早已被历史尘封，但第一株金穗无疑开创了水稻农耕的先河。

14世纪，茫施翻开了新的一页，地名有了新的变化。明正统八年（1443），王骥率军第二次讨伐麓川时，茫施土官放氏积极配合朝廷，立下战功，改置芒市御夷长官司。自此，"芒市"一词开始出现在史书中，"芒市"既保留了原地名的发音，便于当地人接受，又在字眼上有别于旧地名，象征着边地芒市进入一个新的历史时期。所以，"茫施"变为"芒市"，在当时有着特殊的政治意义。因为自14世纪初，德宏地区的麓川政权逐步兴起，并吞诸路，建立了果占璧地方政权，而且势力范围不断扩大，导致朝廷三征麓川。果占璧政权灭亡后，朝廷先后设立南甸、干崖、陇川三个宣抚使司，芒市御夷长官司，户撒和腊撒两个长官司。不久又分出盏达、遮放副宣抚司，芒市升为安抚司。各司分属而治，形成相互制约的局面。另外，古人易名也并非草率而定，芒市的地理位置特殊，物资流通可以追溯到春秋战国时期，一条秘密的商道通往中原腹地。到汉朝时，这条隐秘的商道出现在帝王的视野里，汉武帝挥斥方遒，以军队为先驱，打通"蜀身毒道"，漫长的丝绸之路上商队络绎不绝。当时的"茫施"无疑是重要的隘口，是珠宝、盐茶、布匹等货物的聚散地，商贾往来，交易繁忙。故而，芒市的"市"字又含有"市场""市贸"的意思。

遮放副宣抚司原为陇川副使，明万历初升为副宣抚司，到1899年芒市境内又增加了一个司署，那就是勐板土千总，至此，芒市成为"芒、遮、板"三司辖地。民国时期开始成立准县级的设治局，国民政府推行新的政令，准备进行改土归流，废除封建领主制度，遂采取"土流并存"的过渡策略。到1934年，"芒遮板设治局"改为"潞西设治局"，局机关设在勐夏，统管芒遮板行政区。从此，"芒市"一词被官方抛弃，不再作为行政区划名称使用，后用"潞西"之名一直沿用到2010年。当时更改地名的原因可能是认为芒市不能代表三司领地，重新换一个名称大家都能接受。然而，"潞西"之意为潞江以西，仅是一个方位词，无任何文化内涵；"芒市"一名早已融入当地各族人民的情感中，在人们的心里感觉非常亲切，这种地名情怀难以割舍。2010年7月，一个激动人心的消息传到芒市，经国务院批准，潞西更名为芒市。既传承历史，正本清源，又体现出一个地方的发展程度——芒市是地名专用，其"市"字又是政区通名。这种特殊的地名在全国少见，也最容易让人们记住。

芒市传说千古，地名耐人寻味，热带雨林孕育了古老的民族，傣族、德昂族留下了漫长的史迹，绚丽厚重的文化闪烁古今。13世纪阿昌族迁入，16世纪景颇族、傈僳族迁入，给芒市文化增添了新的元素；明末清初汉族进住，带来了先进生产力的同时，把中原文化延伸到边疆。同时，由于地处西南边疆，颇受东南亚文化影响。所以，芒市是一块水乳交融、七彩斑斓的文化共生地。让人驻足观光的著名景点有三棵树、三仙洞、大金塔、树包塔、菩提寺、五云寺、佛

光寺、孔雀湖和遮放瑶池等等，它们是芒市的自然历史景观。当年的丝绸之路早已横空出世，发生了史无前例的跨越，芒市已经通航29年，如今航班直达北京、上海、重庆、成都和广州，境外直达缅甸曼德勒。芒市作为面向南亚东南亚的重要平台和窗口、交通枢纽、商贸物资聚散地，风华正茂，扬帆起航正当时。

徜徉德宏

作曲家杨非在这里萌动灵感，写下了著名歌曲《有一个美丽的地方》。

在中国彩云之南的西部，人们享有一块神奇、丰饶而美丽的净土，她就是被誉为"孔雀之乡"的德宏。这里，民族众多，文化灿烂，风光旖旎，瓜果飘香；所有的美都汇聚成了一幅诗情画卷。

德宏地处横断山脉西南部，由高黎贡山山脉南延的"三山"与"三江四河"构成，分布着 28 个面积大小不等的河谷坝子，总面积 11526 平方公里，生活着傣、景颇、德昂、阿昌、傈僳五个世居少数民族，全州辖芒市、瑞丽 2 市和盈江、陇川、梁河 3 县，总人口 596976 人，占全州总人口的 45.61%。

德宏是个钟灵毓秀、气候温和的富饶之地，素有"孔雀之乡""葫芦丝之乡""目瑙纵歌之乡""中国咖啡之乡"和"中国玉都"的美誉。德宏三面与缅甸接壤，是古代"南方丝绸之路"的重地，也是中国通往南亚、东南亚、印度洋的最快捷通道和陆路口岸，国境线长 503.8 公里，现有两个国家级口岸、两个省级口岸、28 个渡口和 64 条通道，中缅两国山水相连，村寨相望，悠久的交往历史，深厚的传统友谊，相通的文化习俗和突出的地缘优势，使德宏成为中国向西南开放的黄金口岸。

这里是"滇越乘象国"的故地，人类古文明的发祥地之一。"边、情、绿、宝、和"便是德宏自然和人文文化的精要。浓郁的民族风情和独特的民族文化，是中华、东南亚、印度文化圈的交汇点，多元文化各具神韵，和谐共生。

漫步德宏，感受山水恬静的秀丽风光，品味独具魅力的人文景观，体会自然的平和与安宁。塔林密布、钟声萦绕，一赏异彩纷呈的佛寺佛塔，聆听微风拂过古刹时的吉祥之音，用心感受那一刻，所有的繁华浮躁都会烟消云散，使人获得心灵的宁静。

这里地灵人杰，有浓郁的民族风情和多彩的民族节日。泼水节就是傣族、德昂族一年一度的重大节日，气势雄壮的锣鼓声震撼大地，人们用圣洁之水给佛像沐浴，洗去凡间尘埃，表达诚挚的敬意。景颇族的"目瑙纵歌节"更是有"天堂之舞"的美誉：宽阔的广场，万人之舞气势磅礴，长刀如林，银泡闪闪，笛声飞扬；宏大的队伍，优美的舞姿，汇成一条条银龙。德昂族、阿昌族和傈僳族歌舞文化也各具千秋。德宏的民族风情千姿百态，令人流连忘返。

这里还是葫芦丝艺术的发源地。走进德宏，你就走进了葫芦丝音乐的世界。被誉为"世界和谐之音"的葫芦丝，声音清丽婉约，细腻纤柔，曼妙如丝，沁人心脾，能使人感受到一种返璞归真、宁静悠远的意境，让你瞬间随着悠扬的音乐跨越时空，恍然如梦。

走进德宏，醉人的不仅是如诗如画的美景，还有酸甜苦辣五味皆全的地道美食。纯美的野菜，时鲜的水果配上甜美醇香的米酒，各种堪称一绝的美食滋味醇厚，香气馥郁的诱惑让人食过难忘，思之垂涎。

这里美自天成。有柔情似水的傣家人，热情奔放的景颇人，善良朴实的阿昌人，勤劳勇敢的德昂人和骁勇好客的傈僳人会为你斟茶倒酒，欢歌起舞，让你在享受民族美食、歌舞风情的同时，感受到德宏人发自内心、源于自然、不加粉饰的热情好客；真诚的情谊顷刻间汇成浓浓的激流，使人不禁融化在德宏人甜美的笑容里，放慢脚步、放松心情，贴近自然，在纯朴的乡情中找回真实的自我。

德宏地处亚热带，光照充足，雨量充沛，冬无严寒、夏无酷暑，花开四季、果结终年，一年四季山清水秀，花果飘香。分布有热带森林、亚热带森林、温带森林，森林覆盖率高达 69.2%，是一片绿色的海洋，瑞丽江、大盈江两条水系穿行于山坝之间。

德宏境内山峦起伏、森林密布、有纵横交错的江河湖泊，有星罗棋布的温泉，有奇异的亚热带雨林和千姿百态的植物、世外桃源般的田园风光，更有充沛的阳光、富足洁净的空气，自然风光美丽迷人。这里山川秀美，绿色的山冈，绿色的田园，绿得让人心醉；清清的江水，遮阴蔽日的大青树，摇曳的凤尾竹，成片的野芭蕉林和满山遍野青翠欲滴的森林，在德宏乡野林间演绎着一个又一个摄人心魄的绿色经典，美得让人心颤……

德宏风景清丽优雅，芳草终年吐翠，瓜果四季飘香，投身葱郁的绿色海洋，欣赏各类奇花异草，越过九曲十回的碧玉清溪，仰望参天古木，与自然一同呼吸，接受源于上苍的恩泽和洗礼。

这里不仅有云蒸雾润的温泉仙境、湛蓝碧透的瑞丽江、大盈江国家级风景名胜区，还有国家级优秀旅游城市——瑞丽市、芒市，绚丽神奇的大型生态园林景区——勐巴娜西珍奇园、雄伟森严的傣家故宫——南甸宣抚司署、秀丽奇异的国家 4A 级旅游景点——莫里热带雨林，以及享誉盛名的辛亥革命名将李根源先生故居。驻足于庄重的爱国志士刀安仁先生墓前，感受民族英雄的崇高气节；遥望白云翠竹掩映的村寨、寻觅千姿百态的三仙洞、独木成林的榕树之王、金碧辉煌的寺院塔林、圆你淘宝梦的南菇河淘宝场、全国物种保留最多的森林——铜壁关自然保护区、陡峭的大娘山、中国橡胶母树、神奇的虎跳石、迷人的凯邦亚湖……耳听鸟鸣，鼻闻花香，一景一物皆妙不可言，流连于这样一个美妙神奇的地方，使人陶醉，令人感叹。

栖居德宏，品尝世外桃源般的生活。徜徉于秀美山川之间，尽情享受天然温泉浴的惬意，洗净纷乱尘世中的身心疲惫。漫步瑞丽江的旖旎风光，寻幽三仙洞的幻化无穷，探险铜壁关的原始森林，感受大盈江的刺激漂流……

漫步德宏，触摸自然、感受绿色，浓情的嫩绿温柔地呵护双眸，清雅恬静缓缓地冲走疲惫，让你的身心全部融入自然的胜境之中。身入德宏，探寻历史的奇妙变迁、观望自然的神功造化、品味世外桃源的幽静生活，每个角落你都会有新的发现、新的感触、新的收获，在德宏的青山绿水间，在如诗如画的景致中，感受美丽、感受舒缓，尽情地陶醉在梦幻的率真中……

德宏处于世界南北向和北西向两大宝玉石成矿构造带的北延交会部位，盛产珠宝玉石，是举世公认的"翡翠之乡""宝石之乡"和"中国玉都"。

"玉出瑞丽·玉美德宏"，这里珍宝荟萃，奇珍异宝琳琅满目，流光溢彩，巧夺天工。置身其中，如临梦幻之境，让人不禁惊叹大自然的神奇。玉雕家打开想象的天窗，加上神工鬼斧的技艺，一件件艺术精品脱颖而出，珠宝文化闪烁着耀眼的光泽，晶莹剔透，美

轮美奂。在这里你尽可观玉的宝色，赏石的风采，品玉的文化，作石的文章。

温润的翡翠世界里，赏玩或苍翠，或洁白，或清澈的玉石，重拾清闲和儒雅，找回心灵深处的恬淡。玩转于德宏琳琅满目的珠宝世界里，感受自然的神奇造化，领悟天地万物的沧桑变化，自可怡情养性。在大饱眼福的同时，在玩石中发现一份惊喜，感受一份刺激，领略到化腐朽为神奇的精湛技艺。让你阅尽天下奇珍，与玉结缘，与石交友，感受生活，其乐无穷。

在这里你可以看到如诗如画的田园牧歌。

在这里你可以感受绚丽多彩的民族风情。

在这里你可以把玩熠熠生辉的翡翠珠宝。

在这里你可以体验休闲娱乐的无穷魅力。

走进德宏，感受梦幻般的神奇。

诗意德宏，锤炼了千年文化，明净的山水和沸腾的城市与乡村不但表现出具有地方特色的民族文化，而且融合着中原文化及东南亚文化，七彩纷呈的文化共生地洋溢着时代的激情，“一带一路”的口岸建设成为推动当地发展的动力，信心和举措是涌动的春潮，各族人民正在谱写时代的华章。

乘象国神韵

大象的作用超出你的想象，象战的威力令人震撼。

滇西的怒江下游，芒市河、龙江、大盈江、瑞丽江，如同横贯的巨龙，由北向南，穿越峡谷，跨过平川，围系着大片土地。这里有芒市、遮放、瑞丽、陇川、盈江、梁河等一马平川的坝子，德宏地区的傣族就分布在这些低纬度低海拔的河谷平坝地区，总人口30多万人。境内江河纵横、山川秀丽、大地丰饶、四时如春。悠悠岁月，历史的长河储存着人类的记忆，一个民族的历史文化书写在贝叶上，浸透在生产生活中。

德宏是史籍中的滇越之地，在司马迁笔下是风云滚动的乘象国，盆地与大山组成奇观，构成秘境。瞭望历史的星空，"滇越乘象国"神韵会浮现在今人的视野里，象阵惊魂，雄风漫卷，大地震撼。

汉朝以前，德宏就凭着一条秘密的民间商道与内地发生商贾往

来。到汉武大帝，开辟西南商道，一个遥远而新奇的地方正式出现在帝王的眼中。所以，《史记·大宛列传》载：汉使们"闻其西可千里，有乘象国，名曰'滇越'，而蜀贾奸出物者或焉"。所谓"滇越"指的就是今德宏一带，说明这里驯象较早，在西汉时期已成气候，人们将大象用于劳作或乘骑。相传，距今3000年前，德宏傣族王子召武定避难深山密林，天神赐给他一把神琴，神琴之音曼妙无穷，只要奏响神琴森林中所有大象都会集中到一起，听从琴音的调遣。不久，召武定在大象的帮助下，返回勐卯夺得王位，成为"勐卯果占璧国"的统治者。阅读傣族古代史，查阅汉文史籍，字里行间处处闪现着大象的身影，召武定的故事虽带有神话色彩，但说明古代的滇越傣民族与大象有着密切的联系，故事在时间、地域和内容上，与司马迁《史记》中记载的"乘象国"基本吻合。而且，通过多方考证，史学家推断，乘象国就是德宏傣族古代史中的"勐卯果占璧"王国，其统治中心在德宏的瑞丽市。王国历时881年，已发掘的雷允古城遗址，其城壕轮廓呈现着大象的形状，这是对傣族古国象文化的佐证。

漫长的岁月经历了无数次更迭，傣族的象文化以不同的形式，自始至终在传承，并形成与中原文化迥异的特质文化。

文化是一种历史现象，每一社会都有与其相适应的文化，并随着社会物质生产的发展而发展。同时，文化具有民族性，通过民族形式的发展，形成民族的传统。一个大象之国，在漫长的历史岁月中，必然会形成厚重的象文化，初始形态是一种象神话和象祭祀，随后渗透在精神和物质两个领域里。到了傣乡，我们可以尽情欣赏那些精神的或物质的象文化。

造型艺术独特的象壁画，将宗教信仰与审美意识紧密结合，具有较高的科研价值和审美价值。颇负盛名的原始象壁画是《镇天定地神象》《象首人身神象》和《象首鸟身神象》等。
遗憾的是由于年代久远、风雨侵蚀或战争的毁损，
有的珍品已消失，幸存的也极其罕见。中世纪以后
的象壁画多取材于故事传说中的家象、战争中的战
象，凝练了现实生活，演绎了战争场面，手法细腻，
形象生动，让许多壮丽的神奇的情景留存在人们的
脑海里，深受民间喜爱。近代象壁画在技法上有很
大改进，但其文物价值却不如前者。然而，它延伸
着象文化的历史脉络。

　　深受群众喜爱、也最为普及的象器乐，是系在
社会身上的一条纽带。沿着傣乡源远流长的音乐长
河，我们可以找寻到象器乐的原始形态，远古的热带丛林里举行过
许许多多的祭象活动，主持人的祭词渐渐具有一种悦耳的节拍，于
是，一种美好的音乐萌动了，这就是象音乐的起源。之后，佛教传
入，对象音乐又加以利用和发展，使其日趋完善，真正成为傣族民
间音乐。每逢重大喜庆节日，竹林深处总会响起隆隆的鼓声，循着
声音找去，我们会看见一种形似象脚的打击乐器，那就是象音乐的
代表乐器——象脚鼓。傣语称"光午借"，是傣族古老的民族乐器，
明朝钱古训写的《百夷传》一书说：傣族"以羊皮为三、五长鼓，以
手拍之。"这里所说的"三、五长鼓"指的就是象脚鼓。其实，象脚
鼓的制作和使用应该比史书记载的还要早。

　　随着岁月的更迭，象脚鼓的形体发生了一些变化。现今，傣家人
制作的象脚鼓，鼓身细长，鼓面不再用蟒蛇皮，多用羊皮制成。鼓
身用轻质木材，完整的一段圆木挖空树心而成。整个鼓身涂上鲜艳
的色彩，并用孔雀翎装饰，大气、庄重而美丽。黄色或其他颜色的
彩带系在鼓身上，击鼓人左肩挂鼓，夹鼓于左肋下，双手拍击鼓面。

击鼓前先用糯米饭滋润鼓面，使鼓声雄浑洪亮，悦耳动听。

　　与象脚鼓相匹配的有专门的象脚鼓舞。在傣家人的心目中，百兽中的大象和百鸟中的孔雀都是吉祥幸福的象征。因此，每当象脚鼓敲响之时，男女老少都会欢快地跳起舞来。象脚鼓舞是傣族民间文化的灵魂，是流传最广、最具民族特色的群众性舞蹈之一。2008年被国务院列入第二批国家级非物质文化遗产名录。象脚鼓舞因表演者身挎象脚鼓起舞而得名，表演者多为男子。气氛热烈的节日里，击鼓人是整个舞蹈的组织者和指挥者，边敲鼓边舞蹈，分别用拳、掌、指有节奏地打击鼓面，鼓声时紧时慢，双脚有力地向前迈动，模仿大象在森林中踱步。舞者腰、腹、臀部随着膝部的起伏前后晃动。跳法有独舞、对舞、群舞等形式。长象脚鼓舞动作不多，以打法变化多、鼓点丰富见长，有手打、掌打、拳打、肘打，甚至脚打、头打，多为一人表演。哪里有傣家，哪里就有隆隆的象脚鼓声，鼓声穿越青翠的竹林，维系着精神的乐园。

　　无声胜有声，象文化无时不在表现着傣家人的精神向往。在光灿耀眼的傣族织锦中，象图案最为常见，故而有象织锦之称。傣族古歌唱道："穿百兽衣，跳百兽舞"，并非全指上古时代的天然服饰，更多的则是指发明纺织技术后以鸟兽图案作点缀的衣饰。伴随着时光的推移，古代的

动物图腾意识逐渐深化和丰富，或者说是图腾意识发生了转换，所以，鸟兽图案成为一种文化现象，反映了人们别致的审美情趣。尤其是佛教的传入，给象文化注入了新的内容。如《百象朝佛》就是带有浓厚佛教色彩的织锦图案，图案由马和象组成，构图均匀，色彩协调，神态生动，浩浩荡荡奔向佛地。每头象都仿佛在甩着长鼻赶路，而马也生怕误了时间，一路小跑，紧跟大象。织锦图既赞美了象和马的勤劳，又表达了人对佛的虔诚。

民间与象有关的艺术品还有很多，如象雕刻、象雕塑、象陶器、象建筑等等，伴随着傣民族走过了漫长的历史，作为一种特质文化投射在人们的心理上和社会习俗中。同时，不断地与傣族宗教信仰发生互动，适应和兴盛于各个历史阶段，并被当代文明所吸收、利用，融汇于当代文明之中。也正因为如此，优秀的民族文化才世代相传。

大象拴在地名上，成为永恒的记忆，那些鲜活的故事有不同的版本。

历史是一页页喧嚣的画面，时光奔腾向前，画面渐渐沉静下去。但人们的记忆是长久的，以象命名就是历史的定格，也是永恒的记忆。追溯地名之源，可以感受历史原貌。

德宏象地名遍布各地，如姐闷掌、腊掌、芒掌、章凤、盏西、万象城等等，每个地方大都有一个神奇的故事，与象的传说融为一体，让知之者神游故国，追寻远去的岁月；让不知之者心生悬念，刨根问底。

陇川的"章凤"，傣语意为大象吼叫的地方，可以想见：森林的原始风貌烘托着威武雄壮的象群，大象自由频繁地出入，大象的叫声让旷野的长风充满神奇的色彩。盈江的姐闷掌即"万象城"，顾名思义这里有过万头大象。听起来固然有些夸张，但大象较多是可以肯定的。

芒市腊掌村的故事就十分鲜活。腊掌，傣语意为"拴象桩"。据说，古代的果朗河沿岸有个傣族国家，国王叫果朗王。他经常骑着大象到芒蚌温泉沐浴，把大象拴在附近的林子里。大象烦躁不安，经常挣脱铁链，践踏田里的庄稼，等国王浴后回来时，它又变得非常温顺。侍从们拿它没办法，禀告国王，国王只是听之任之。后来，百姓的埋怨之声传到国王的耳朵里，他也只是叫侍从们管理好大象。一天夜里，国王做了个奇怪的梦，梦见一个"召摩"（算命神汉）对他说，在果朗河源头的水潭里有根神桩，把它搬到温泉附近立起来拴大象，不仅能使大象安静，而且还能保一方水土平安富饶。次日一早，果朗王就派人去寻找，果然在水潭里发现一根粗如小桶、一头略尖的石柱。于是，国王就按照"召摩"说的去做。从此，拴在石柱上的大象变得安静乖顺，果朗河沿岸也不再出现旱涝灾情，年年五谷丰登。之后，越来越多的人搬到拴象桩周围居住，逐渐形成村落，村子就定名为"腊掌"。

故事世代流传，黝黑粗大的神桩栉风沐雨，历经人间无数更迭，依然矗立在村子中央。抚摸拴象桩，当年悠闲安宁、风流倜傥的果朗王仿佛浮现在眼前。虽然只是一个地名，但它以口承文学的方式记录了古代人与大象的密切关系。盘点这些象地名，我们可以领略古代"滇越乘象国"的神韵。

优越的生存环境、古老的象崇拜和战争需要给象文化的成因形成合力，大象的作用超乎人的想象。在人们的眼

里，它不是粗犷野蛮的巨兽，而是劳作的得力助手、亲密的伙伴，是入朝的贡品，是精神的支柱。

象栖息于多种环境，尤喜丛林、草原和河谷地带。德宏青山绵延，大地广袤，亚热带雨林气候造就了优越的自然条件，丛林茂密，翠竹繁盛，万物竞生，是天然的植物王国，这里自古就是大象的故乡。随着考古工作的逐步开展，各种象化石不断被发掘并公布于世，许多珍贵资料证实了早在距今百万年前，傣族先民居住的云南热带丛林便是大象生息、繁衍的地区之一。傣族先民的百越族群在远古时就与象结下了不解之缘，长期与象和睦相处，成为好朋友，土地是象的乐园。丛林中有象群。为改进落后的生产方式，人们有意识地对大象等动物进行驯化。"象自蹈土，鸟自食萍，土蕨草尽，若耕田状，壤靡泥易，人随种之"，这就是史书上说的"土俗养象以耕田"的情形。优越的自然环境，和谐的人象关系，有利于大象的生存和发展，并且象为人耕作，负重运载，人们对它的驯养就会更加重视。傣族的"象奴"，从前又被称作"象蛮子"，平时饲养照料大象，关怀备至，所以，大象只听从他们的指挥。傣族有文身的习俗，"象奴"的双腿都刺满了青色花纹，故称"青腿象奴"。明太祖朱元璋有一次给云南的官员下批文，提到需要驯象若干头，就特别注明必须配备相应数量的"青腿象奴"。历代汉文古籍有许多关于傣族地区盛产大象的记载。先秦古籍《竹书纪年》说"越王使公师偶来献……犀牛角、象牙"，说明自秦汉以来，傣族先民便常以象和象牙进贡中原王朝。到了元、明时代，贡象之事则更为频繁。据《明史》和《明实录》载，洪武、永乐时期，仅从车里、景东、麓川、干崖、芒市等地进贡的象便达80余头，朱元璋为此专门设立了驯象所统一管理大象。傣族地区大象之多，由此可见一斑。生活在这样的环境中，象不可能不对傣民族产生强烈的影响，这是象文化产生的原因之一。

荒漠时代，面对自然的无情，人们没有生存和发展的底气。于是，傣族先民在精神世界里与大象不期而遇。任何一种自然崇拜看似诡奇，但它又起源于现实世界，并潜在地支配着人们的思想和行为。

一般而言，人类的祖先大都以动植物作为图腾，傣族同样如此。远在人类造神时代，傣族便创造了两个象神：一个是镇天地的象神，即"掌月朗宛"，它用鼻子顶住天地，用四只大腿镇住大地，天地从此固定下来。另一个是象首人身始祖象神，专门划分昼夜，确定四季，使人们有规律地生产生活。大象从自然实体走进人的精神境界，两个象神的出现，使象崇拜走向了神话的高峰，给人一种神奇强大的感觉。早期的精神依托，具有超然的能力，因为在生产力水平极为低下的古代，面对变幻莫测的大自然，人类明显地感到了自己的渺小，于是，一个信得过的象神在精神的海洋里诞生了。

如果说固定天地的神象是高远的，那么另一个始祖神象算是走进了人们的生活中。有个故事叫《象的女儿》，在傣族地区流传很广：

有个到森林里采摘野果的傣族妇女，因口渴难耐，喝了泥坑中的水而怀孕了，因为那水是一头神象撒下的尿。后来，妇女生下一个女儿，被称为象姑娘。姑娘长大后去森林里找到了象父亲，并与英俊的猎人结为夫妻，最后因为想念母亲，又回到人类居住的坝子生儿育女，儿女们都是神象的后裔。图腾崇拜总是附和着一些幻化、美丽的故事，而作为民间传说主旨往往不在故事的本身。象女儿的故事反映出一个民族和谐的生态观和密切的人象关系。大象不仅是神，为民造福，而且在现实生活中与人的情感也是贴切真实的。

在傣民族的心目中，白象是最值得崇拜的，它是风调雨顺、五谷丰登、和平安宁的象征。根据传说，白象和谷魂住在一起，关系密切，所以，白象出现在哪里，哪里就消灾除难，风调雨顺，物阜年丰。傣族人民以各种方式来表示对象的崇拜，诸多工艺品和奖房的墙壁上以及村子的照壁上都能看到象的影子。象崇拜是象文化产生的原因之二。

悲壮的古战场，或胜或败，大象总是功不可没。作为战争的劲旅，冲锋在前，效命疆场，它们是真正的勇士。

德宏历史上发生过许多惊心动魄的象战，在这里，象不但是农耕助手和运输工具，还是战争的劲旅。动物的威力按照人的意志，在古战场上产生巨大的杀伤力。《马可·波罗游记》里记述德宏，谈到象战时，充满了好奇与敬畏之心。

1279 年，元缅战役爆发，缅王统率 6 万象兵进犯德宏，大象怒吼着迎面而来，对于从未见过这种巨兽的元军确实是很大的威胁。果然，两军一交锋，元军就吃了大亏，被打得丢盔弃甲，一扫金戈铁马的威风，最后退到森林里，迅速改变战术，才反败为胜。马可·波罗的游记告诉欧洲人，在遥远的东方，有一个神奇的国度，那里的人文和风景与欧洲迥异，好奇的欧洲人从他的描述中产生了极大的兴趣，对世界充满更大的向往，之后，开始走出欧洲的航海时代。令马可·波罗惊诧的象战（小梁江之役）消失 100 多年之后，

又发生了一场定边象战。

明洪武二十一年（1388），麓川（德宏傣族古国王朝）王室集结了 15 万人的军队，战象百余头，突然向明军发起进攻。明平西侯沐英得到边报，立即精选了 1500 骑兵从昆明出发，与象军交战，两军对接，大象迎着火炮冲锋陷阵，冷兵器与热兵器各自发挥优势，展开了激烈的战斗。这就是历史上的"定边战役"。

到明正统六年（1441），王骥率兵征讨麓川，在今陇川马鞍山一带展开了一场殊死的人象之战，两军厮杀，象鼻狂舞，明军被轻而易举悬上空中，然后又沉重地摔死在地上。勇猛而灵巧的战将，毫不畏惧，只见大刀横飞，大象鼻子被斩断，剧烈的疼痛让凶悍的战象不分敌我，横冲直闯。人象混战结束，血浸黄土，尸体覆盖大山，双方死伤十余万众。

古代，大象是傣族先民的战争利器，象队的多少显示着军事力量的强弱。两军对阵，象队一马当先，猛烈进攻。遥想当年芒市坝海罕起义，威武的战象在坝子里布成象阵，战争开始后，象脚踏出一条条血路，染血的长鼻在风中挥舞。那些令人心惊胆战的场面，傣族英雄史诗《厘俸》一书中有专门的描述。在傣族古代社会中，有专门统领象兵的高级军事将领，傣语称作"召闷掌"，意为"指挥万众象兵之王"，类似于封建中央朝廷的"大司马"。历史上，大象频繁在战争中出现，这是象文化产生的原因之三。

战象就自身而言没有任何阶级性，无论它代表的是正方还是反方，我们都应该赞颂它的忠诚和勇敢，岁月流逝，沉静的土地埋葬着人类的英雄，也同样埋葬着被称为英雄的战象。

古滇越傣族先民，与象形影相随。从饲养开始，大象逐渐被用来乘骑、负重运载、耕地甚至战争，人象朝夕相伴，为象文化的形成和发展提供了前提条件。悠悠历史长河，荡漾着民族韵味十足的文化现象。

洛阳佳话

遣使三进京城究竟发生了什么？

阅读傣史《嘿勐沽勐》，让时光回溯，追寻远去的历史，我们尚能在勐卯（今瑞丽）之地与称雄一方的"达光王国""勐卯果占璧王国"和"麓川王国"如期相遇。这些王国经历了战国、秦、汉、唐、宋、元、明诸朝，映入眼帘的是云蒸雾腾、神鸟高翔、城墙厚壁、长矛月弓、旌旗猎猎的王城风貌，森严的城门显示出权贵与豪气，统辖着辽阔的疆土。达光王朝是傣族历史上一个重要的朝

代，在达光王国诸王中，雍由调是位重要人物，由于史籍的缺失，大量的史实已无从知晓，但从有限的资料中依然能发现一个历史人物的风采。雍由调在位期间，曾极力"通汉"。终其一生，他先后三次"出使"大汉王朝。故这个时期，达光王国与大汉王朝有了较为密切的交往，日渐开明的傣族文化正不断与中原文化碰撞、融合。

第一次朝贡是公元97年，国王雍由调派遣使臣经永昌到洛阳向东汉王朝贡奉达光国内出产的珍宝，汉和帝刘肇颁给金印和紫色的绶带，所有同去的小王子们（勐卯各部落酋长）也都得了印、绶和钱帛。汉朝是中国历史上一个强大的朝代，具有博大精深的文化体系，史称"两汉文化"，它的形成基础是以华夏文化为核心，从西部到中原，在汲取了华夏八方百族的文化精髓的基础上形成并发展起来的。出使洛阳的达光王朝官员们真正感受到大汉王朝的强大，开阔了视野，增长了见识，除地方王国观念外，脑海里开始萌动一些大国观念，他们把自己的所见所闻带回达光，雍由调听了十分振奋，想不到朝廷对自己会如此重视，心里充满极大的归属感，千里之外的政治靠山似乎近在咫尺。

　　第二次朝贡是公元 120 年，此时的达光王国进一步统一，人民安居乐业，拥有达光古渡，常年舟楫往来，商贾云集，海路、陆路连接的商道，物流繁盛。为了取得朝廷的信任，巩固一方国土，国王雍由调遣使千里把音乐和魔术带到洛阳献演，使团里有各种身怀绝技的人。据史书记载，到京城表演的人"能变化吐火，自解支，易牛马头；善跳丸"。雍由调不愧是一个有远见卓识的政治家，他的初衷是两点，一是想向大汉王朝展示包罗万象、瑰丽神奇的"达光文化"，二是想借此引起大汉王朝的重视——当时少数民族部落都善于依附强大政权以求自保和寻求发展——既然达光此时与罗马的交往也已极为频繁和密切，这对促进中国与西亚、欧洲的交流有着不可小视的作用，那么，大汉王朝应该给予他足够的重视。

　　果然，这一次出使不同凡响，高深的表演技艺和边陲韵味十足的艺术精品博得满朝文武的高度赞赏，汉安帝刘祜观看了演出后龙颜大悦，封授雍由调为"汉大督尉"一职，赐予金印、紫绶。达光从此被纳入汉王朝郡县之中，一定程度上开始归附大汉王朝。使团艺惊朝野，完成使命，何等风光。对大汉王朝的"厚恩"，雍由调给予了积极的回应。

　　为进一步促进勐卯地区与中原的文化交流，奠定更加坚实的基础，到公元 131 年，雍由调再次派遣使团经日南郡（今越南西北部）到中原贡象。

　　达光之地远离朝廷，边地土官完全可以偏安一方，但雍由调的思想和行动并没有局限于自己的领地，使团先后三次入朝，为促进文化交流、加强边疆与中原的联系做出了突出贡献，给后人留下了一段难忘的历史佳话。笔者不想拔高历史人物，然而不管怎么说，古人的大国情怀依然感染着我们。三皇五帝一脉相承，各民族创造的文化也是一脉相承，一代又一代人书写着自己的梦想。

美丽的忧伤

乡音无尘，美妙动人……

　　音乐是来自上苍的语言。音乐原是天上众神的一位仙女，她钟情于人类，从高天降到地上，去寻找她心爱的人。天神得知，大发雷霆，派一股狂风紧随其后。仙女在空中把这股狂风打散，结果狂风散布到世界各个角落。仙女本人并没有死，绝对没有！她活着，栖居在人类的耳朵里。说起傣族音乐，耳边仿佛响起悠扬的葫芦丝声，夜间的傣乡披着银色的面纱，一首首柔和优雅的歌曲在宁静的空中飘荡，别有一番情趣，歌者幸福快乐，听者舒坦如意。不论是在家乡，还是在繁华的大都市，一首葫芦丝乐曲就是一杯清醇的米酒，让你品味故乡的风韵。歌声抚摸心灵，同时心灵也抚摸歌声；快乐时心花怒放，感悟生命的精彩；痛苦时滋润焦灼的心海，点燃希望的篝火；孤独时温暖冷漠的世界，给人生旅途植上一片快乐的阳光。乡音无尘，美妙动人，那种特殊的管乐，宛如洞孔发出的自然之风，不是出自地籁、人籁，而是出自天籁。

葫芦丝，又称葫芦萧，是傣族的一种吹奏器乐。其渊源可追溯到先秦时代，它是由葫芦笙演变改造而成的，在构造上保持着古代乐器的制法，用一个完整的葫芦，将三根竹管并排插在葫芦下端，嵌有锃亮的铜簧。其音乐轻柔细腻，圆润质朴，极富表现力，深受傣族人民喜爱。音量较小，主管的音色柔润而纤秀，在两根副管持续音的衬托下，给人以含蓄、朦胧的美感。因为它吹出的颤音有如抖动丝绸那样飘逸轻柔，故称"葫芦丝"。如今，无论是在民间，还是在专业舞台都能听到它优美的演奏。近年来在国内外颇受瞩目，一些葫芦丝乐器与现代电子乐器合奏，使

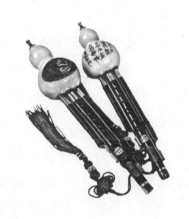

两种乐器体现出完美的结合，古典与现代相匹配，收到了良好的艺术效果，有着亲切婉转、温馨醉人的全新感受。当美妙的音色轻轻从耳边滑过，树影婆娑的林荫道、身材婀娜的傣族少女似乎就在眼前，你会感受到，那是一个美丽的地方，而且动情的乡音随你走遍天涯。葫芦丝演奏的《有一个美丽的地方》，听来让人迷醉。这首歌诞生于1954年，原曲是流行于芒市的遮放调和城子山歌，作曲家杨非在创作中吸纳了一些南传上座部佛教的诵经调，唱腔柔和抒情，曲调之曼妙和艳丽实在是"强酥骨级"。此歌将傣乡的优美写到极致，唱到极致，歌曲经久不衰，唱响大江南北。

笔者三十年前曾留宿一个遥远的傣族村寨，村里有个小卜少（小

姑娘）长得出奇的漂亮。据说，十月怀胎的时候，其母曾梦见星星从天上落下，母亲用手接住后感觉明光闪闪，熠熠生辉。夫妇二人不知其意，心里忐忑不安，急忙跑到缅甸请"召弄"（高僧）掐算，结果一算喜出望外，"召弄"说是大好事，天赐娇女了。待孩子渐渐长大后果然白美通透，如出水芙蓉。我去的时候，这个靓丽的姑娘尚未出嫁，前来"猎少"（串姑娘）的"卜冒"（小伙子）相当多，都想娶到美人。每当夕阳收起最后一束光线后，榕树披上银色的面纱，一曲曲葫芦丝曲此起彼伏，每个人都在试探少女的芳心。可是姑娘没有任何反应，那些失意的小伙子悻悻离去，黑夜弥漫着青春的惆怅。到了十点多钟，又一曲葫芦丝曲滑过朦胧的夜空，女孩顿时心慌意乱起来，夜幕掩饰不住她那黑色的长发，一个轻盈美妙的身影走进竹林深处。片刻之后，葫芦丝声音停止了，关于他们两人之间的对话，只有星星和月亮知道。见此情景，我困惑不解，同样的葫芦丝声，她咋会知道是自己的恋人来了呢？询问主人家后才知道，原来葫芦丝恋曲因人而异，热恋中的少女能准确地分辨出是不是自己的意中人在吹，不是自己喜欢的人，她不会迈出竹楼一步。太有趣了，这葫芦丝真是名副其实的媒人，在爱情的银河上架起一座座桥梁，有幸福欢乐的记忆，也有淡淡的忧伤和惆怅。那个少女的美丽富有传奇色彩，最后究竟花落谁家我不知道，人有潜在的嫉妒之心，多用"红颜命薄"定格古今美女，其实婚姻如同容颜一样美丽的也大有人在。我相信那对恋人的葫芦丝之音是幸福的开端。

　　说到傣族葫芦丝，就不能不提及一个人，他叫哏德全，是声名远扬的傣族葫芦丝王。为了葫芦丝的振兴，哏德全一生百折不挠，奋斗求索，一个艺术大师朴实善良的人格魅力深深地烙印在世人的脑海里。

　　哏德全出生在梁河县勐养一个叫邦盖的傣族村子。生长在傣乡，从小就受到民间音乐的熏陶和滋养，跟随祖父和舅舅学习葫芦丝演奏与制作。经过三十多年的艰辛跋涉，凭着对葫芦丝艺术的热爱，潜心钻研葫芦丝的制作与演奏技巧，初步规范了制作步骤，并在葫芦丝调类的分规和葫芦丝音域的扩展上做出了重大贡献。曾经的糖厂抽水工哏德全，因为他的执着、他的辛勤、他的天分，成为一代民间音乐大师，走出家乡，步入音乐的殿堂。乡音无尘，绝妙之极，世人共同分享。作为中国民族民间艺术的使者，他经常应邀前往世界各地巡演，让人们了解葫芦丝的魅力。

　　在韩国首尔纪念世界杯一周年演出活动中，哏德全在大汉门敲响"三声鼓"，得到这个国家对民间艺术家的最高礼遇。在美国，哏德全登上世界著名的肯尼迪艺术中心梅兰尼舞台，载歌载舞地展示中国葫芦丝艺术的绝美与精湛。他还身着傣族的服装，与莫斯科爱乐交响乐团同台献艺，为北京大学"百年讲坛"增添了一抹亮色。

　　哏德全及他的葫芦丝成了云南旅游的一张名片。无论是在昆明的花鸟市场，还是大理的洋人街、丽江的古镇，只要有游人的地方，都会有挂着"哏德全制作的葫芦丝"在叫卖，虽然它们绝大多数不是出自哏德全之手。很多游客驻足片刻，就能学会最基本的葫芦丝的吹奏法，买回家就成了一份难得的纪念品。

真正的艺术不是刻意的表演，而是饱含深情的流露。哏德全的演奏总是情到深处，会尽兴发挥，超出预定时间，但至纯至美的乐曲余音绕梁，长时间滋润着听众的心怀。聆听他演奏的古歌，就像看到一朵朵白云飘然在高远湛蓝的天空，掠过山川河流，掠过一望无垠的田野，在地面上留下若有若无的暗影，最终去往那遥远的地方。

历史上，葫芦丝仅在民间流传，土司衙门不允许这种乐器进入府内。究其原因，可能是两个方面，一是认为这种乐器是普通百姓的娱乐工具，是下里巴人的玩物，登不了大雅之堂。二是葫芦丝的忧伤曲调占的比例较大，府中贵地，不容许伤感色彩弥漫，否则感觉不吉利。等级观念和迷信忌讳，使葫芦丝成为典型的民间音乐，淋漓尽致地表达了劳动人民的思想情感。喜悦之调波光涟漪，柔美泛情，抒发着一个民族热爱生活的优雅情调。当这种管乐融入水的季节，更是令人陶醉，与绿色的生态、和谐的环境匹配，风光处处流淌。这里最值得一提的是葫芦丝的悲愁之调，它恰恰是一种美丽的忧伤，是文化艺术的一种重要的表现形式，是人生的味道，既表达了个人心境，又给人带来艺术的美感，洗去心灵的尘埃。它以音乐的形式加以宣泄，让一怀愁绪追随诗情意境，化作美丽的心灵彩虹，让听到这些音乐的人们内心不由自主地涌起一种美丽的愁绪。优秀的音乐，沉淀着人类灵魂深处的苦难与欢乐、幻灭与梦想、挫折与成功，折射着人类精神层面中永恒的美丽与尊严，体现着人类在追求真善美的道路上，不断摒弃假恶丑的高尚情怀和执着信念。傣族葫芦丝音乐别具一格，完全具备这种功能，这也是它经久不衰的重要原因之一。喜怒哀乐作为永恒的主题，无处不在，如果世间只留下幸福的笑声，这世界将失去丰富性。

凉爽的世界很干净

泼水节洗去心灵深处的尘埃，打开一个清澈明亮的世界。

水是柔美的，情是浓厚的，水含着情而醇香，情伴着水而悠长，圣洁之水寄托着无数真诚的祝愿。尽管天气很炎热，心静则凉，心无尘埃，这世界自然很干净。

一年一度的泼水节，在傣历六月举行，时间相当于公历的四月，一般为三至四天。"燕子纷飞时，绿水人家绕"，每年清明一过，泼水节就在诗情画意里翩然而至。

一轮红日蒸蒸云天之上，大地热气腾腾，令人心动的鼓声敲响了，隆重的庆典开始了。在郁郁葱葱的大榕树下，在宽阔的场地里，人声沸腾，盛装鲜丽，鲜花簇拥，木龙喷水，香雨沐佛。虔诚的"浴佛"仪式结束后，整个活动迅速推向高潮。

　　一瞬间，鼓声如雷，水声如浪，人声如潮，欢乐的水战爆发了。来自四面八方的各族男女，虽是初次相逢，却备感亲切，不拘疏密，互相追逐嬉戏，一派水柱银花、飞帘瀑幕的景象。不断涌动的人潮中，只见水花四溅，真是"浪激长空三千丈，潮涌池底百度狂"。泼水节就是欢乐的海洋，泼湿一身，幸福终身。圣洁之水飘洒在每个人身上，洗去尘埃，互致祝福，祝愿来年平安吉祥，幸福快乐。傣族泼水节是中国少数民族中最具魅力的民族节庆活动之一。

　　泼水节起源于印度，是古婆罗门教的一种仪式，后为佛教所吸收，并随佛教传入中国云南傣族地区，傣族赋予了更为神奇的意蕴和民族色彩。

　　泼水节的传说有好几种，这里讲述的是流传较为广泛的一种。很早以前，有个凶恶的魔王，他滥施淫威，弄得庄稼无收，民不聊生。魔王的七个妻子都是从民间抢来的，她们为了替人间消灾除难，探到了杀死魔王的秘密。趁魔王酣睡时，她们悄悄拔下他的一根头发，做成"弓塞宰"（意为"心弦弓"）。当把"弓塞宰"对准魔王的时候，他的脖子就断了，但头颅一落地就冒起火来，头颅滚到哪里，哪里就是灾难。大姐情急之中将恶魔的头颅抱在怀里，地上的火就熄灭了。为了不使老百姓受害，她们轮流抱着魔头。每当轮换时，姐妹们便泼洒清水，为替换下来的人冲洗身上的污秽。为了纪念这七位机智勇敢的姑娘，每年的这一天人们互相泼水，以消灾除难，并祝来年风调雨顺，五谷丰登。

　　泼水节是全面展现傣族水文化、音乐舞蹈文化、饮食文化、服饰文化和民间风俗等传统文化的综合舞台，是研究傣族历史的重要窗口。节日里展现的文化能给人以艺术享受，有助于了解傣族感悟自然、爱水敬佛、温婉沉静的民族特性。

有位作家说过：自己活动，并能推动别人的，是水；以自己的清洁，洗净他人污浊的，是水。读着这样精妙的箴言，对水会有更深的认识，精神和心胸不由自主地被净化。古老的东方文化，就是一部水的文化。它溢着水之形，激荡着水之声，闪耀着水之光芒。水流进茶室，于是我们的茶文化源远流长；水流进酒家，于是我们的酒文化千载飘香；水流进豆腐坊，于是我们的豆腐文化充满着大街小巷。水，泛起文化的波光艳影，从它诞生的那一刻起，便承载着孕育生命、滋养文明、传播文化的使命。

傣族与水有着很深的情缘，对水始终怀有一份极为真挚、深刻及特殊的感情，可谓情水千秋。远古的传说在傣族民间世代流淌：茫茫宇宙，曾经处于一种混沌状态，仅有空气、水和雾。人类最早的祖先在宇宙里翱翔，他发现有水和空气的存在，就创造了地球。接着用水和泥土创造了两尊神，一尊是男性，一尊是女性。两尊神又创造了三千个人，以及若干动植物等等。从此，人类的祖先世代繁衍、生生息息。从这个传说中我们可以看到，傣民族相信天空和大地来源于水，认为人类生命的一半也是由水创造的。人们热爱水、崇拜水，主要是为了让水给他们带来好运，获得保护。佛教传入后，水文化也逐渐融入了佛教文化的因子。在佛教活动中，水被当作圣物。在佛寺里，每天都把洁净的水当作祭品来供奉。泼水佳节，举行最重要的庆祝活动被称为"浴佛"，用清水给佛像沐浴。

拨开历史的尘烟，傣族有过艰辛的历程，频繁的战乱、无法抵御的自然灾害使人们几经跋山涉水，为寻求具有丰富水源而又安宁的土地做出过不懈的努力。傣族谚语说道："没有一条河流，你不能建立一个国家；没有森林和群山的山脚，你就不能建一个村寨。"择居时对水的依赖，是其民族精神中一种延续了数千年的内在思想观念的体现。所以，傣族最后在江河纵横的低河谷地带终止了迁徙的步履。经过祖祖辈辈的打造，傣乡形成了特定的居住环境，广袤的坝子，榕树垂然，竹林茂盛，平坦宽阔的河面上折射着灿烂的阳光，河里碧波荡漾，洗浴的少女晃动婀娜多姿的身材，有的在嬉水打闹，水花飞舞，不时传来阵阵优美的民歌。这样的景象总是会长久地留在人们的脑海里。

老子云"上善若水"，讲的是一种境界，傣族浸透历史的水文化同样是追求一种境界，这就是华夏子孙同出一脉的文化基因。这个热情开放的民族在历史进程中把水玩得五彩纷呈、趣味横生，成为一个别开生面的节日。其活动内容相当丰富，节日里，服饰争艳斗奇，热烈的情感像洪水一样爆发。泼水节名副其实，男女互泼，相互开战，情感猛烈地对接，其乐无穷。整个节日弥漫着浓厚的佛教文化，寄托着千年希冀，孕育着爱情的梦想，传递着人间的真情。圣洁之水洗去的不仅仅是宾朋好友身上的污秽，更洗去心灵深处的尘埃，心与心的距离拉得很近很近，哪怕素昧平生，也会很快相识在这个激情飞扬的场合。互祝之水让整个夏季清凉，打开一个清澈明亮的世界。

初识贝叶经

贝叶经是傣文化之"根"，凝聚着一个民族的智慧。

贝叶树亦称贝多罗树，形如棕榈，叶子肥硕厚实，属亚热带木本植物。叶子经过复杂加工处理，平整光滑，在上面刻写文字，精致美观，且不易损坏。傣族信仰佛教，刻写的文献中以佛教经典数量最多，故而统称"贝叶经"。

贝叶经最早源于印度，至今已有 2500 年的历史，在东南亚广为流传，共 84000 部。流传在德宏地区的应有数千卷之多，其中，《阿鸾故事》有 550 部。经书封面设计典雅、古朴而大气，原著用印度巴利文写成，后大量翻译成圆体傣文。傣族人民十分珍爱这一宝贵的历史文化遗产，视为神圣之物而认真保护，有些经典还在民间辗转传抄，我们还可以看到人们制作、刻写贝叶经的全过程。如今，较为完整的经书多珍藏于奘房中，民间部分农家有少量藏品，尽管数量有限，字数很少，但主人对这个珍贵的古籍非常敬重，不会随便摆放，都是放在室内高处，有的将其包扎好悬挂在枕头上面的房梁上，得到很好的珍藏。

贝叶经是傣文化之"根"，凝聚着一个民族的智慧，内容广泛，博大精深。从开天辟地到万物形成，从游猎迁徙到农耕定居，从神灵信仰到文化发明，从个人道德到社会规范，从生产经验到科学技术，都有详细的记载，有生动的阐述。所以，贝叶经不仅仅是经书，它是传统文化的百科全书，是运载傣族历史文化走向光明的一片神舟。一部绿色的经典长期熏陶着一个民族。此书具有几大特点：用信徒行为诱导世人行善积德，无私奉献；用丰富多彩的文学故事教育后世，展示人性的光辉；用简明易行的法律案例警示人民，规范人们的社会言行；用朴素的农法思想确定人与自然的关系，人与自然和谐共生。我们仔细研读贝叶经，可以从中品味其蕴涵的特质文化。

贝叶经记载的《维先达腊》中主人翁维先达腊在他 8 岁时谈自己的心愿时说："我想去赕（即布施），连我的身体的一切都敢赕。谁想要我的心肺，我将剖开后真心赕出去；哪位想得到我珍贵的双眼，我将挖出做布施；哪位想得到我的肉，我将忍痛割下给他；哪位想要我去他家做佣人，我也会去！"维先达腊当了国王后果然言出必行，布施大象、骏马、车辆、仆人等等，最后连自己的妻子和孩子也做了布施——当然那是神灵对他的考验，神变成一个乞丐向他乞讨美丽的妻子去侍候自己，之后又归还给国王。贝叶经中有一本《佛陀教语》，此书在认真论述了信奉佛法的重要性、佛法的内容、如何尊老爱幼、如何处理夫妻关系等问题后，进一步论述了为人处世要注意的 12 条，修造"四向四果"要坚持的 16 条，掌握佛法要坚持的 22

条，圣者在修造佛法波罗蜜中总结出的 32 句话等等。

其表达方式颇有特色，不是空泛的说教，讲些枯燥无味的大道理，而是联系实际，言词形象生动，比喻贴切，并以警句的方式出现，能感化对方。许多语言虽然比较朴实，但采用了相应的修辞手法，有明喻、借喻和暗喻等，如在待人上"讲话的声音要像糖一样甜，对小孩说话要像对自己的孙子一样和蔼，对穷人说话要像对上司和长者一样尊重"；"心想会穷就会爱护钱财使自己富有，心想会富就会遭穷"强调要与人为善，不能盛气凌人，要勤劳节俭，不可挥金如土的道理；"有时爱子女也会失去子女，使他们失落到穷困之中；爱孙子也会失去孙子，使他们走向堕落；爱兄弟姐妹也会失去他们，会因为放纵而使他们犯错误"说明对亲人不能溺爱，爱是亲情的释放，方法不正确最终会铸成大错。有些语句不能从字面上去直观的理解，如"要经常打扫自己的旧居""不要使房屋的中柱歪斜"是指无论做什么事都要注意检查自己的言行，看有

贝叶经中有四部伦理道德教育典籍，《布栓兰》是其中一部。"布栓兰"是傣语，可译为"爷爷对儿孙的教育"，一直是傣族礼仪道德教育的必读课本。

没有罪恶的东西；要爱护、把握好自己的心境，不要让它离开正道。

正如《论语·学而》所说的："吾日三省吾身，为人谋而不忠乎？"一个人只有善于自省，才能长期立于不败之地。"要常想想自己睡过的摇篮"这句话很快让人想起汉语成语"乌鸦反哺"的故事，感恩父母、不弃不离是中华民族的美德。一个善于学习的民族在历史的进程中不断求知，"要与凤凰为伴"极为生动形象，意为向智慧者求教。当年孔子风餐露宿，行程千里，到洛阳拜老聃为师，佳话千古流传，在鲜为人知的贝叶经里同样蕴含着这个故事的意义。

傣族是全民信教的民族，在宁静的傣家院子里，在野花飘香的林

荫道上，我们随处可见步履缓慢的老人，心地善良，神态安详。虔诚的信仰，筑造了人生的轨迹，平生的"自度"，使"往生"充满希望。明亮的佛灯照射着心灵世界，佛教的善恶观念符和傣族人民的道德准则，融进自己的道德体系中，形成一种具有浓厚天意色彩，善恶有报的道德观念。并在这种道德观念的影响下，产生了两个人生的最后归宿，一是热闹繁华、丰衣足食、无忧无虑、令人神往的"勐历板"（傣语，意为天堂）；二是盛满滚滚沸水，让灵魂万劫不复的"勐阿乃"（傣语，意为地狱），专门惩治虐待父母、抢劫偷盗、伤天害理、屠杀生灵的人。因而，人们无限向往其乐无穷的"勐历板"，无比惧怕残酷无情的"勐阿乃"。大家安其业，守其职，与人为善，团结互助，循规蹈矩，路不拾遗，夜不闭户。因此，作为社会意识形态反映的傣族贝叶经，自然不可避免地要向信徒们宣扬佛教理念，而这些佛教理念的核心则是引人向善。

傣族精神世界丰富多彩，具有独特的形象思维，漫长的历史，文学之花绽放异彩。从古代神话史诗、历史故事、宗教故事到训世箴言、文学唱本、天文地理、卜辞祷文等，不断地进行加工和创新，优秀的精神产品世世代代得到很好的继承和传播。贝叶经作为鸿篇巨制，其中文学作品占有很大的分量，经书《丘夏》汇集的民

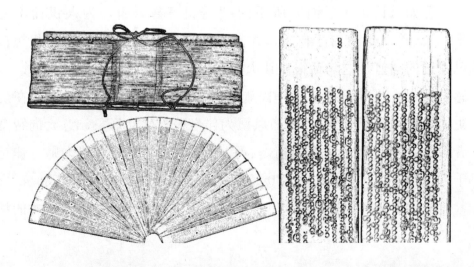

间故事最多，有60个左右，内容丰富精彩，情节离奇曲折，跌宕起伏，人与人的故事，人与动物的故事，人与鬼神的故事，动物与动物的故事等等，引人入胜，生动逼真，扣人心弦。虽说文学无法拯救世界，但它是人生的导向，心灵的灯塔。所有的故事皆由书中的主人翁丘夏讲述，这个才华横溢的人物，通过讲故事改变了一个残暴的国王，使他摒弃恶习，懂得治国之道。后来又帮助国王教育王子，使其健康成长，成为好王子。书中的好故事连连不断，而且故事套故事，前后连贯，诸多悬念难以释怀，读之难以掩卷。《一千零一夜》是世界名著，那个叫山鲁佐德的姑娘极为聪慧，每晚给国王讲故事，讲了一千零一夜，终于改变了国王要杀死她的念头而永远与她生活在一起。丘夏与山鲁佐德生活在不同的国度，他们采取了相同的方式，对国王进行教育启发，感化心灵，扭转了人生轨迹。《丘夏》一书世人知之不多，但它的文学价值依然光彩耀眼。如果说《一千零一夜》的传说脍炙人口，令人难忘，那么，《丘夏》的故事是精彩纷呈、感人肺腑而又充满哲理。名著并不一定要名扬四海，当我们阅读一部古老经书时，同样会为书中的情景所震撼。

民族法律制度的产生、发展与它特殊的社会形态是不可分开的。法律制度作为一种法律文化现象，是傣族文化的有机组成部分。贝叶经有专门记述或论述法律的篇章，打开《阿瓦夯二十五种》发现，上下两篇内容详细，对偷盗的处理规定达25种，不论是戒内（僧人）还是戒外（俗人），一旦有违都会受到相应的处罚，只是处理方法不尽相同。上篇和下篇对照着写，简明清晰，一目了然，便于操作，诸如偷盗钱财、偷拔他人苗种、酗酒伤人、畜生之间互伤等都有明确的规定。再看《朱腊波提》同样是一本重要的法律著作，它记述了充满智慧、善于断案的国王朱腊波提正确断案的大量案例，阐述了正确断案的各种规则。书中还对如何借债还债、如何寄存物

品、如何寄养牲畜、如何做买卖等问题进行了解答，分明是一本指导断案和解决问题的工具书。

当我们走进宽阔的田野，嗅闻稻谷芬芳的时候，贝叶经最根本的文化精髓会自然地印入脑海，那就是人不但与自然界和睦相处，还与自然界平等相处。傣族人民按照自然法则来安排生活，对自然充满了感激、敬畏、爱护之情，从不轻易去伤害它们；人不能凭着霸气把鸟捉来关在笼子里，因为不确定的将来，或许鸟也会把人关在笼子里。历史久远的农耕文化散发着土地的幽香，从获得第一粒种子开始，农人情系稻田，谱写了无数曲丰收的赞歌；面对躬耕劳作的汗水，有过精细的思考，世代辛勤的劳作提炼了自身的生产技能。在长期的生产实践中，傣族通过与其所处的自然环境的相互调适，形成了依靠自然、尊重自然、遵循自然法则的农耕观念，具有深厚的自然农法思想。傣民族认为，"森林是父亲，大地是母亲，田地间谷子至高无上。"水与森林相连，田因水而存在，粮食与田相拥，人依靠粮食生存，森林与大山亲密，山与土地共存，世事万物相互依赖。自然有着密不可分的生态链，人类不能粗暴地掠夺自然，要以善良的行为获取自然的回报。上天既然创造了万物，它们就有其存在的合理性与价值。人虽然聪明，却是自然中最后的存在，奔腾的流水，巍峨的群山，广袤的大地以及一切活跃的动植物都与人关系平等。人不是自然的主宰者，仅是自然中的普通一员，不能为自然立法，而是自然为人立法。这种顺其自然的思想始终体现在农业生产中。那些美丽的画面会给你留下深刻的印象：妇女们肩挎竹篮，竹篮里放着小鸭子。干活的时候，小鸭子穿梭于稻禾间；傍晚，妇女们带上小鸭披着艳红的夕阳回家……动静相宜的画面，像是一首优美的田园诗，会长久地镶嵌在脑海里。所以说该书渗透着绿色的文化和独特的精神理念，能启迪智慧，拓展思维，自我修身，值得品读。

孔雀王子金塔

圣鸟栖息之地发生了奇迹……

龙江日夜兼程，长途跋涉，直奔遮放坝尾后忽然来了个九十度的大转弯，沿着坝子西岸缓缓流淌。在这里，江水弯弯，向一块宁静的圣地三叩九拜后才奔腾而去。这片土地就是美丽神奇的洞上允，"洞上允"是傣语，意为"城子"，说明村落较大，人口聚集，沿江而居的百姓确实不少，近年来成为当地的旅游景区。

很多人勾画过洞上允的风景，只有亲临其境才会感受到它的神奇

与美丽。游人抵达景区，最先映入眼帘的是一片伟岸茂盛的大榕树，遮天蔽日，蔚为壮观，即使是熟悉榕树的德宏人也会为之惊叹。一座墩圆的小山包，一片高大粗壮的榕树林阵容庞大，像是紧紧地护卫着什么，显得格外庄严。人在树下仰望，蓝天隐隐约约，枝条像巨人的手臂擎着形状各异的兵器。到达山顶后，一座辉煌精美的金塔突然呈现在眼前，这时才发现大榕树守护的不是小山坡，而是一座享有盛名的孔雀王子金塔。黄色的金

属鳞片点缀着洁白的塔身，金色的图案在太阳下折射出耀眼的光芒。奘房与佛塔矗立于山顶，四周常有人打理，保持着一种圣地的清洁感。一朵朵无名小花竞相绽放，在微风中摇头晃脑，不亦乐乎。傣族信奉南传上座部佛教，主要有摆润、摆庄、多列和左底四个教派。洞上允是左底教派一年一度集会的地方，每年集会时周围村寨的傣族群众都要在这里举行盛大仪式，届时周边国家的左底教信徒也纷纷前来庆贺、朝拜，共度佳节，一年一度的盛会，场景十分热闹。

为了弄清孔雀王子金塔的昨天和前天，有人曾经访问过当地的老者，讲述了一个凄美的故事：

孔雀王子金塔，傣语为"阿銮勇罕"。阿銮即傣族传说中的神仙，他必须转世五百代才能成佛。阿銮刚好转世为金孔雀的时候，就栖息在洞上允。他每天从小山包飞到江边沙滩上觅食，阳光下金孔雀光芒四射，引来很多只孔雀围着它戏耍，好一派美丽、祥和的景象。时值勐卯果占璧王朝时代，王妃因受惊吓，做噩梦引发心脏病，请巫师占卜，说要吃金孔雀的心才能痊愈。于是国王派出 500 个猎手沿勐卯江而上到达洞上允。领头人利牙莫所带着猎手几经围猎，一无所获，最后绞尽脑汁想出一条计谋。一天夜里，雷雨大作，领头人在模模糊糊的睡意中听到了金孔雀凄厉的惨叫声，他很快跑到山坡上查看，金孔雀果然被暗弩射中了，他惊喜万分，并用刀子取出孔雀心脏回宫报功。金孔雀被害，它的同伴们极度悲哀，在山坡上发出凄凉的叫声，突然一声惊雷打在金孔雀的遗体上，残骸即刻变成舍利子钻入土中。之后小山坡长出了许多小榕树，渐渐形成今天的榕树林。后来，为了纪念金孔雀，人们建起了孔雀王子金塔。

听完这个久远而悲伤的故事，不禁想起一首傣族的赞美诗："孔雀最向往光明，它的心像太阳一样明净；它把绚丽的彩屏献给人们，不愿把功劳写入佛经；我们要像它一样勤奋造福，像它一样善良待人。"作为佛文化的象征,孔雀乐善好施,无私奉献,或许这就是傣民族喜爱孔雀的缘故吧。传说总是贯穿着一个民族的希望,透视这个故事,我们发现,榕树守护的是金塔,也是一个民族的信念。

洞上允的过去和现在弥漫着诸多奇妙的神秘色彩。细心的人会发现,金塔坐落的小山包左边是黑土,右边是红土,红黑对应,阴阳协调。而且左右两边山形蜿蜒,相互延伸,错落有致,近似一个太极八卦图托着一座金塔,塔立此地,绝妙至极。在无数个沉静的岁月里,这个奇妙的图案也是默默无闻,当被人发现的时候,就感到自然界的博大精深,无法探究。它所渗透着的力量,时时撞击你的思想。金塔最早修建的具体年代未考证,从佛教传入德宏的时间看,应该在北宋年间。据说,塔中曾藏有一本绝密的书籍,记载了世间前五百年和后五百年之事。"文革"期间,金塔被毁,书籍被人私藏,秘密辗转民间,一般人根本看不到。传说的真实程度没法佐证,或许冥冥之中就不需要佐证,许多人许多事不需要有真实的结果,没有结果就是最好的结果。研究文化和研究历史不同,文化需要一种感觉,一种效应和氛围,不能较劲;历史必须翔实可信,反映真实面目,不能创作。

金塔背靠雄伟的大山,那是当地有名的神山。主峰顶尖是个乌黑发亮的金字塔,石面酷似人工切割,闪现在蓝天高处,与山下的金塔遥相呼应,山体的巍峨俊秀烘托出佛塔的灵美和神圣。神山的西面坐落于芒市、瑞丽、陇川三县(市)交界处,像个永恒的界碑。山体多处为悬崖峭壁,人迹罕至,夏季云雾缭绕,苍茫神秘。相传诸葛孔明南征曾在此歇息,士兵口渴难耐,孔明用拐杖掘土,开出一口水井,终年水质甘冽,清甜可口。信仰佛教的傣族,同时也信奉古老的原始宗教,神山在人们心目中占据着很重要的位置,历史上每遇大旱,当地土司便到山脚下求雨。据说,每每祭祀尚未收场,即刻电闪雷鸣，大雨倾盆而下。所以世代生活在神山脚下的人们备受世人羡慕，当地人外出至东南亚国家，常被对方合掌敬称：你们是最有福分的人。因此神山享誉海内外，每隔几年就要举行一次大规模的祭祀活动，届时，境内外朝拜者络绎不绝。人们不辞长途劳累朝拜神山，祈求幸福和平安，向往美好的生活，怀着一颗虔诚的心而来，带着一个美好的意愿而归。2002 年春天，神山惊现新的一幕：悬崖高处突然喷射出一股巨大的泉水，飞花四溅往下流。顿时，四周的村子锣鼓喧天，欢声如潮。于是傣族村民随即上山安营扎寨，做"大摆"，大祀神山。消息不胫而走，一时间，朝拜者、参观者纷沓而至，泉水喷薄的地方昼夜人声沸腾，鼓声隆隆，一派感天动地的景象长达数月。这种现代奇观令人惊讶不已，各种神奇的传说扑朔迷离，给本来就神奇的洞上允增添了新的色彩，总感觉这里隐藏着一个神秘的世界。

神山东面森林密布，黑乎乎的岩石横空出世，犬牙交错，树木在长，好像岩石也在长，大自然的神来之笔早就点化僵硬的石块，那些腾飞的龙蛇颇有窜入云间的架势；矗立着的猪马牛羊翘首凝视，世世代代守望着遮放坝的庄禾。这些鬼斧神工、形象逼真的兽群永远喧嚣着一个世界。岩石底部是古老的千佛洞，储藏了大量的佛像，都是信徒离世之后其家人送去的。经年累月，佛像越积越多，有的存放时间已很长，加上佛像雕刻年代本来就久远，所以具有相应的历史价值。近年来偶有收藏爱好者深入其间，寻找古佛石像。

离开洞上允很久以后还会想起美丽的孔雀王子金塔，总在猜想，以金塔为中心的一系列人文历史和自然景观是否有什么更深的联系？久远的将来，或许有人会在那里打开一个全新的窗口。

歌神混依海罕

没有人，但这个地方一直在唱歌……

芒市坝宽阔平坦，田野万顷，河渠纵横，修竹婀娜，是生息繁衍的理想之地。但漫长的封建社会没有给边疆民族带来过福音，泱泱大国推行的是强权政治。地方封建领主横行霸道，不劳而获，平民不堪重负。傣族耕种肥沃的土地，却缴纳沉重的官租，遇到灾荒年间，很多人交完租还了债，只得扛着扫把回家，吃眼泪泡饭。百姓无奈地说："逃雨逃不出天，逃避土司逃不出坝子。"鱼米之乡的一切土地权属归土司所有。

19 世纪中叶，芒市坝爆发了一场农民反抗官租斗争，起义军首领混依海罕是个傣族民间歌手，有很强的号召力，他用扣人心弦的歌声四处动员农民起来反抗衙门。

山青青地茫茫
祖祖辈辈晒脊梁
领到一分土地
也领到一分还不清的账
官租是蚂蟥
紧紧咬着不放
人间不公

我们起来呐喊

天神已发出警告

青蛙会吞没太阳

嫦娥将躲进月宫

连星星都不亮

穷人不必发愁

富人不要再猖狂

歌声如同阵阵强劲的东风，掀开人民尘封的积怨，形象生动地唱出了人们的心声。歌声更如同一杯烈酒，淹没了劳动人民的怯弱，沸腾的热血滋生出拼死一战的虎威。起义军组织了强悍的象队，大象带着百姓的愤怒冲出竹林，把土司兵阵营冲得七零八落，转眼间死伤无数，士兵在一片惨叫声中毙命，到处是血肉模糊的土地，到处是头破血流的尸体。望着四处逃散的敌人，大象在田野中，继续舞弄粗壮遒劲的长鼻，发出歇斯底里的长鸣，感觉战意未尽，厮杀正酣。歌神混依海罕率领着声势浩大的起义军潮水般地涌向阵地，长刀、铁棍、锄头、木棒舞弄云天，惊心动魄的气势让土司兵魂飞魄散。

起义军高喊"拒纳官租，杀死头人"的口号。长风裹着混依海罕的歌声传遍村村寨寨，揭竿而起的农民越来越多，队伍迅速发展至数千人，一股愤怒的洪流在芒市坝涌动。起义军的一次次胜利给衙门以沉重的打击，是年，人们不再缴纳官租，"谷子黄，傣家狂"，千家万户第一次感受到秋天的喜悦。那一年的象脚鼓声格外洪亮，淋漓尽致地抒发了村民的豪情壮志，怨声载道、压抑困苦的日子似乎已远去，官府已成缩头的乌龟。自古以来，族人不知朝廷皇帝，心中只有至高无上的"召"（土司），他们的信条是：没有土司，大地不会长粮食，种子不会发芽。所以他们虽然高举义旗，发出胜利的呐喊，但他们不会一鼓作气，铲草除根，幻想的浮云笼罩着心海。到了"赶摆"期间，奘房四周同样是欢乐的海洋，方圆十里的歌手云集此地，通宵达旦与歌神混侬海罕竞唱。

　　问：亲爱的妹啊
　　假如地球死了谁来哭
　　请你开口告诉我
　　若是地球停止了呼吸
　　谁有能力来挽救

　　答：阿哥！阿哥
　　你说地球死了谁来哭
　　那是一群青蛙在欢乐
　　农人开始来做活
　　阿哥！阿哥
　　你说地球停止了呼吸
　　谁有能力来挽救
　　我说天上下雨农夫忙

　　一首首古老的歌曲，采用一问一答的方式，反映了人与自然的密切关系，四季的变化和生产生活息息相关。歌声温暖了历史的冰泪，感动了长空的星月，可是赢不了才气冲天的歌神，他们一个个败下阵来，不得不伸出自己的大拇指。欢乐的气氛早已冲淡了战争的硝烟，一连三五天的集会结束后大家才心满意足地进入梦乡。

　　一个万籁寂静的三更，月亮还没有赶到，伸手不见五指，微风中的凤尾竹发出沙沙之声。许多土司兵悄声无息地摸进村子，刀剑落处鲜血飞溅，一场残酷的杀戮持续了很长时间，没有冲锋陷阵的喊杀声，也没有厮杀的吼叫，农户家的棉被里浸透了浓烈的猩红。士兵来无踪去无影，有一百多名参加起义的青壮年在睡梦中进入了冥冥世界。妇女们撕心裂肺的哭喊声让大地颤抖，她们根本无法接受这种可怕的现实。

次日，混依海罕迅速召集起义部队，为村民送葬。他看着躺下的风华正茂的年轻人，心里极为悲恸，唱起了哀婉的民歌，为死去的同伴伤心流泪。

> 我们都是本分的农夫
> 拥有粮食就知足
> 身上裹着泥土的芬芳
> 知冷知暖就幸福
> 苍天厚土
> 江河日月
> 世间财富千千万
> 我们不会贪图
> 起早摸黑
> 男耕女织
> 官家残酷
> 心肠如狼虎
> 百姓寒苦
> 贫民的日子好酸楚
> 仇恨的种子早已萌发
> 视死如归
> 我们不会惧怕杀戮

残酷的现实和悲愤的歌声再次激起村民的怒涛，大家的情绪像海潮一般爆发出来，个个怒目圆睁，决心杀死官家解不平。可是当起义军的脚步踏进土司府的时候，只见一些老弱病残和手无缚鸡之力的妇女，土司早已逃之夭夭。

又是一年深秋，朝廷大军突然降临芒市坝，加上土司兵，兵力数倍于起义军。官兵金枪铁甲，武器精良，战将久经沙场，武艺非凡，而且凶悍残暴，杀人如麻。他们将起义军的营地围成铁桶，然后进行地毯式屠杀，顿时火光冲天，人喊马叫，一片混乱。歌神混依海罕不仅歌声动人，武艺也十分了得，绝大部分村民倒下后，他还一个人驰骋在战斗的海洋里，直至战死。

混依海罕阵亡后，衙门把他的头颅砍下来悬挂在柳树上，告诫百姓造反的人就是这样的下场。据说，到了晚上人们听到头颅会唱歌：

> 官府的钢刀越无情
> 斗争的烈火就越旺
> 官府的良心越狠毒
> 人民的仇恨就越深
> 枪口之下不屈服
> 屠刀面前不胆战
> 倒下的是混依海罕
> 站起的是混依海罕
> 为自由而战
> 为平等而死
> 贫民誓死要反抗

歌声随着阵阵清风飘向四方，传颂的人越来越多，直至家喻户晓，大家议论纷纷。土司害怕了，就把混依海罕的头颅取下来埋葬了。后来人们为了纪念这位英雄的歌神，就把埋葬他的地方称为"店门"，意思是会唱歌的地方。

傣族，汉语中含有"酷爱自由与和平的人"之意，但在长期的封建专制框架内，自由仅是心中的一片彩云。瞭望沉静的山河，凝视翠竹掩映的傣族村寨，心中泛起沉思与感叹。为反对压迫，争取自由，历史上曾经涌现出无数可歌可泣的英雄人物，血洒热土，豪气长存。他们就像苍穹闪烁的流星，虽然时间短暂，但真实的故事早已幻化成璀璨的诗句。

奔放豁达的"太阳之子"

跋涉千山万水，经历艰难困苦，景颇族在美丽德宏枝繁叶茂。

景颇族是一个迁徙的民族，有景颇、载瓦、浪峨、喇期、波拉五个支系，最早源自炎帝部落，曾经抵达青藏高原，之后跋涉千山万水，经历兵燹灾害，最终在美丽德宏浴火重生，枝繁叶茂，成为云南边疆建设的参与者和见证者。曲折坎坷的历史岁月孕育了其奔放豁达、剽悍勇猛、真挚善良的民族性格。

目前，德宏州共有景颇族142821人，分布在全州各县市，占全州总人口的10.91%，约占全国景颇族总人口的95%。历史上景颇族的婚姻形式为一夫一妻制，但山官和富裕户也有一夫多妻的。在家中，父亲是家长。对财产实行幼子继承制，幼子地位高于长子。在现行的一夫一妻制婚姻中，基本上仍必须遵循传统的单向姑舅表婚的原则，即姑家男子必须娶舅家女子，但舅家的男子不能娶姑家女子，形成"姑爷种"和"丈人种"的婚姻关系。旧时代，社会秩序靠传统的习惯法——"通德拉"来维持。习惯法具有很大的约束力，

常常与宗教迷信相结合，一般不轻易判处死刑，但杀人者必须赔偿命金；一般案件对输理者均罚以赔偿实物的几倍至十倍；案件无法调查判明时就采取神判，常用的神判方式有赌咒、鸡蛋卦、斗田螺、煮米、捞开水、闷水等。随着阶级分化，习惯法已逐渐遭到破坏，而且被山官和头人利用来为自己的利益服务。

景颇族住房为竹木结构，屋顶呈长方形，为双斜面。整个建筑分上下两层，上层住人，底层圈养家畜家禽。门从两头开，前门供客人进出，埋鬼桩、拴牛马；后门禁止外人出入，更不允许穿室而过。屋内每间设一火塘，四周铺篾席。

南来北往的客人走进德宏景颇山寨，会闻香下车，品尝美酒，享受十里飘香的民族风味，愉快的旅途留下鲜活的记忆。

具有民族风味的"绿叶宴"是何等的诱人，吃起来总是让人开心不已。还没打开食物，一股清香就扑鼻而来，热乎乎的饭团和各种菜肴的香味让人垂涎欲滴。但吃"绿叶宴"颇有讲究，必须按特定的要求和规定进行。首先解开叶子包的食物，打开时叶根对自己，叶尖朝对面，不能颠倒了；卷起来的叶尖叶面得抚平，不然别人会说主人吝啬和小心眼；打开大包以后会发现里面还有一些小包，要继续解开，每个小包里可能是"鬼鸡"（精致的凉拌鸡肉）、竹筒焖肉、包烧肉、鸡蛋拌姜末苤菜、岩姜舂干巴、马蹄菜拌小番茄、焖鱼之类的小菜；若就餐地点在室内，摆放烧鱼或是焖鱼时要鱼头朝后门；在室外鱼头则顺山梁摆放，因为鱼顺水而上产卵，意在多子多福，图个吉利。"绿叶宴"一般可分为"山官绿叶宴""寨头绿叶宴""神职绿叶宴"和"大众绿叶宴"四种。"山官绿叶宴"顾名思义就是供山官享用的，最明显的特点是使用双叶包烧五脏，意为山官怀揣百姓，百姓们何去何从由山官掌管。"寨头绿叶宴"却别有用心，一些干腌菜叶和其他杂菜叶覆盖在碗上面，碗里却暗藏玄机：碗内盛的是炖五花肉，菜叶只是表面装饰物。这是寨头做样子给山官看的，表示自己与百姓同甘共苦，反映了当时欺下瞒上的社会现象。"神职绿叶宴"是斋瓦、董萨等神职人员的专用餐，其特点是叶子包烧猪脑。斋瓦、董萨是景颇族历史文化的传承人，被认为是学识丰富、德高望重的人，既能与神对话，又能占卜凶吉、驱鬼治病、预言未来，所以把精髓部分奉献给他们享用，视为最高礼仪。"大众绿叶宴"是群众婚丧嫁娶、祭祀活动、贺新房、重大节庆中招待客人的饭菜。

"以食传言"是景颇族青年表达情爱的一种方式。小伙爱上姑娘，就在芭蕉叶包裹的食品中放入树叶（表示话很多）、树根（表示思念）、大蒜（表示求婚）、火柴（表示坚决）、辣椒（表示火热）等物送去。姑娘如有意，退回原物；如需考虑，便加放几根奶浆菜；如拒绝，则添进火炭。小伙子收到后又在食物中放上合拢的嫩树叶（表示希望共同生活）、粮豆（表示早日结婚）再送去。姑娘如同意，就回赠烟草；如拒绝，则将合拢的树叶扭成背靠背退回去。这样几来几往，不久，有情人便成眷属。

景颇族青年男女结婚都要举行"过草桥"仪式。新娘在进入夫家院子之前要先过草桥：人们找来"贡芝贡巴草"扎成两排竖起来，一根木头放在中间，就是草桥，新娘从桥上过去，仪式结束。搭草桥特别有讲究，砍伐桥木的人必须膝下有子，第一个是男孩，第二个是女孩为最好。草桥在使用之前不允许任何人跨越踩踏，否则会失去灵性。景颇族历史上有抢婚的习俗，因此，必须由新郎的兄弟男扮女装牵着新娘过草桥，意思是不让女方亲人发现女儿被娶走。千百年来，草桥寄托着美好的祝愿，祝福一对新人跨过草桥抵达幸福的彼岸。

景颇族是个热情好客的民族，对待客人十分热情。路人进家，无论认识还是不认识，主人都要招待食宿，不肯怠慢。景颇族不管什么事情都要备酒，正所谓"无酒不成礼"。他们用精致的金竹酒筒盛酒，款待客人，用双手托酒筒向客人敬酒，表示对客人的尊重。景颇族宴客有一种食俗：如果贵客来了，客人到后稍事休息，便有身着盛装的中年妇女出来敬送"礼篮"。篮子用藤篾精心编织，内装一竹筒水酒、一竹筒米酒、两包熟鸡蛋、两包糯米饭团，甚至还有"鬼鸡"。首客受礼后致谢，先饮一口酒，再转给众人轮饮，然后将鸡蛋切片，放在饭团上，每人一份，边吃边赞美，吃毕奉还礼篮，表示回敬。这些食物各有含义：水酒代表"女"，烧酒代表"男"，糯米饭代表"粘贴结合，亲如一家"，鸡蛋代表"纯洁、圆满、平安、康乐"。

忘情纵歌及其思考

来自天堂的舞蹈，掀起苍生的激情……

有一种舞蹈让大地传情，日月动心；有一种舞蹈对接远古文明，刷新历史记忆。只要你参加一次，心灵深处就会刻写上激情的片段，那就是景颇族的"目瑙纵歌"。

"目瑙"是景颇语，"纵歌"是载瓦语，"目瑙纵歌"意为"大家一起来跳舞"，因其舞蹈形式独特、舞步动作易学、队形变化无穷、参与人数众多，又被称作"天堂之舞""万人之舞"，展现了景颇族积极向上、团结进取的精神风貌。这是一种大型的祭祀活动，纪念创世英雄宁贯娃跋山涉水的艰辛历程。一个迁徙的民族，用自己的歌舞展示历史，颂扬时代。1983年，经德宏傣族景颇族自治州人民代表大会常委会讨论通过，确立"目瑙纵歌节"为德宏州法定的民族节日，时间为每年的正月十五、十六日。每当一年一度的"目瑙纵歌"盛会开始，人们身着盛装从四面八方汇集到目瑙纵歌广场，在木鼓、铓锣、笛子、礼乐的伴奏声中，舞队排成两条长龙，刀光闪闪，彩帕飞舞，扇子抖动，银泡作响、璀璨夺目，气势恢宏。新时代，少数民族节庆活动各民族共同参与，由景颇族、傣族、阿昌族、傈僳族、德昂族组成的方队身着各自的民族服饰，在"瑙双"（领舞者）的带领下步入舞场，舞队踏着欢快铿锵的鼓点，和着景颇族乐器演奏的旋律纵情欢跳。舞蹈展开后，人会越跳越多，形成上万人的庞大阵容。但是队形蜿蜒摆动，变而不乱，时而分道行进，形如游龙；时而首尾呼应，吼声如雷，展示出景颇族勇敢无畏、乐观进取的民族精神和集体主义精神，也体现了边疆民族团结，和睦共处的良好氛围。

　　某一个平静的日子，我们会再次领略"目瑙示栋"的风采，就像阅读一本象形文字的书籍，了解一个民族百折不挠的历史。"目瑙示栋"既是目瑙纵歌广场的大型标示，也是景颇族的重要标志。"示栋"多由四块长方形的木柱并排竖立在上面，"示栋"高处，中间两根较长为雄柱，顶端绘有太阳图案，边上两根为雌柱，绘有月亮和星星，有雌雄共存、阴阳和谐之意。日、月、星辰之下绘有更多的图案，有曲线图案、菱形图案、蕨菜图案等，此外还有犀鸟和孔雀以及牛、马、猪、鸡图案等等，两根雄柱之间长剑交叉斜立。各种图案组成苍天大地的画面：一是讲述族人的历史，这个民族曾经历尽艰辛，长途跋涉，冲破千难万险，从北方的宝鸡一带到风雪弥漫的青藏高原，再到今天的中缅边界，是一段遥远的距离，他们不懈地追逐太阳，脚步印记在江河大地上。战争、流血、饥饿、劳累无时无刻不在威胁着每个人，一往无前才有

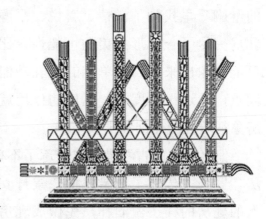

生存的希望。族人紧握手中的长刀，斩妖除魔，踏平荆棘，在逆境中求得生存。艰难困苦是一个人的财富，也是一个民族的财富，跋山涉水、风刀雪剑的历史锻造了景颇族刚强豪迈的性格。二是形象地诠释着"民以食为天"的理念，向往一个叫"文邦圣亚"的地方，希望过上平等、和谐、富足、快乐的生活，这也是长期迁徙的动力。今天，"太阳之子"终于沐浴着盛世的阳光，与各兄弟民族携手共进，开启幸福的航程。当音乐响起，舞步浩荡的时刻，"示栋"似乎更加伟岸雄壮，再现风起云涌，波浪壮阔的史页。

"目瑙示栋"的构建和装饰凸显了一个民族的审美情趣。巨大的木柱呈"一"字形排列，图案内容丰富，色彩鲜明，对比强烈，搭配恰当，以黑、白、红三色为主调：中间的两根雄柱以红色为主要格调，表现了景颇族热情、好客、奔放的民族性格特征；底座以黑色为主调，象征着祖先的力量；白色的底色使各种图案更加明快，飘逸出不容妥协，难以侵犯的神圣气韵。在许多图案中，有一组图案也特别醒目，就是乳房的造型。人类的乳房具有双重含义，一是审美观念中产生的很多标准。男人的眼光高于婴儿的嘴巴，要求女性的乳房挺拔、丰隆、圆润。从遥远的古代开始，女性的乳房就受到崇拜，围绕双乳人类留下了最甜蜜的回忆和最纯洁的习俗，男人在"家庭的酥胸"里找到了激情、喜悦、平静和满足。有个作家说，女人的乳房穷尽了一切形式美的可能性，比这更美的东西概不存在，也不可能想象出来。二是单纯的哺乳功能。这是世间所有哺乳动物的共同点，从这一角度讲，乳房的作用就是哺乳生命，喂养新生儿，乳房象征着乳汁充沛和丰收多产。

偏好男体的古希腊人也雕琢了不少女性裸体，有着饱满浑圆的乳房。罗马人传承了希腊风格，崇拜女性乳房，男子们经常按他们情人的乳房的样子做酒杯，先做成乳房的模型，然后用这个模型铸出酒杯，酒杯通常是金的。中国千年历史则是另一种境况，儒风披靡的现实生活对乳房保持自己的态度，忌讳谈论乳房，否则会被认为是"有伤大雅"，极不得体。纵观若干古典文学，很难找到描写乳房的句子，即使有也是凤毛麟角，而且言词隐约。《诗经·硕人》写女子的手、皮肤、颈、牙齿、眉毛、眼睛，不提乳房。司马相如《美人赋》写东邻之女"玄发丰艳，蛾眉皓齿"，没有乳房。曹植《美女篇》和《洛神赋》也是如此，尤其《洛神赋》，铺排华丽，堪称对女性身体的详尽描述，可是胸部阙如。谢灵运《江妃赋》也一样，对胸部不赞一词。六朝艳体诗，包括后世的诗词，尽情歌颂女子的头发、牙齿和手，对女性乳房视而不见。那么，景颇族的"目瑙示栋"为何会有乳房崇拜？我想这才是人类原汁原味的情感，它体现了人类的本真，如果从东方人的文化背景和思想观念出发，这些乳房浮雕重点反映的是母性和生殖上的意义，表明各支系的子孙都是出自同一祖先的兄弟，希望世世代代繁衍生息，子孙昌隆，后继有人，绝不是一种狂热的推崇，而是一种同根同源、一脉相承的信念。

欣赏这些艳丽耀眼的画面，我们很快会想到现实生活中的景颇人。"目瑙示栋"作为神圣的塔坊，其图案色彩来源于景颇族生活中的各种色彩，艳丽夺目，光彩耀眼。景颇族小伙子头上戴着洁白的包头，包头一端装饰着红色的绒球，格外醒目；穿黑色圆领对襟上衣，裤短而宽大；肩上斜挂长刀和筒帕，筒帕编织精美，装饰精巧，阳光下银泡闪烁，整个人看上去干练帅气，透出一股英武、强壮的气息，也表现出其粗犷豪放的性格。景颇女子多穿黑色对襟或左衽短上衣，下着黑红相间的筒裙，用黑色布条缠腿；节日喜庆时，盛装的女子上衣都镶有很多的大银泡，颈上佩戴六七个银项圈和一串响铃式银链子，耳朵上戴一对很长的银耳环，手上戴着粗大且刻有花纹的银手镯作为装饰，行走舞动时，银饰叮当作响，别有一番韵味。

许多景颇女子还将藤圈涂上红色或黑色的漆，围在腰间，来装扮自己，她们认为谁的藤圈越多谁就越美，这可是一种独特的审美观。"目瑙示栋"的造型就是几把直立的长剑，景颇男子一生与长刀形影不离。示栋色彩与现实生活密切相连，相映成趣，成为整个公共空间的装饰元素。因此，我们可以看到，"目瑙示栋"的装饰风格与民族风情是分不开的。

现实的舞蹈连着一个久远的故事，站在"目瑙示栋"的塔基上，可以瞭望祖先的身影，先辈的智慧和愿望、先辈的英雄创举永远铭记在后人的心里。关于目瑙纵歌的传说较多，其中这个版本流传较普遍：据说，当年有九个太阳，不分昼夜地炙烤大地，河流干枯，石头被晒炸，世间万物面临死亡的境地。于是，人类和鸟兽共商对策，公推百鸟到太阳宫去求太阳神。百鸟带着金银财宝飞抵太阳宫，请求太阳神每天只出一个太阳，并分出白天和黑夜。百鸟有幸参加了太阳宫里太阳神举行的"目瑙"，并以优美的舞姿和歌喉博得太阳神的欢心，太阳神欣然答应了百鸟的请求，将九个太阳减去八个，只剩下如今的一个。百鸟返回大地时，见一棵黄果树上结满了香甜的果子，它们一时兴奋，便仿照太阳神的子女，在吃果子之前，聚集在一起推选孔雀做"瑙双"，在黄果树上欢快地跳起了"鸟目瑙"。宁贯娃是景颇族中神通广大的创世英雄，他当时发现了百鸟舞蹈的场面，便情不自禁地模仿着跳起来。不久，宁贯娃在木拽省腊崩（景颇族的发祥地）日月祖宗山脚下，用手指划出平坦宽阔的"祥信央坝"作为目瑙纵歌舞场，举行了人间第一次目瑙纵歌盛会。关于目瑙纵歌的起源，盈江景颇族青年收藏家何腊近年来收藏了大量的景颇族历史文物，有些文物属孤品或绝品，极为珍贵。他针对实物，反复佐证本民族的历史文化，对目瑙纵歌提出新的见解，认为这是一种古老的排兵布阵的形态，在历史长河中演绎成一种宏大的舞蹈。

听了此话后，再仔细琢磨目瑙纵歌的舞蹈场面和舞蹈形状，觉得此言颇有道理，这是一个值得探索的话题。

景颇族的目瑙纵歌是一种传统舞蹈，是该民族的历史缩影，曾经的困苦磨难，曾经的艰辛曲折，饱含着多少心酸，可谓刻骨铭心。为了记住迁徙的路线，并且表达对先祖的追思与崇敬，景颇人不仅将迁徙路线描绘在示栋上，而且严格遵循迁徙的路线，跳起了目瑙纵歌。心中装着祖先的圣地，刀剑弥漫着青藏高原的云烟，音乐回荡着美好的憧憬，脚步踏向幸福的家园，这就是目瑙纵歌的内涵。

随着时代的发展，目瑙纵歌节已成为景颇人民欢庆丰收的民俗节日。目瑙纵歌被称为"万人之舞"，不仅具有悠久的历史传统和广泛的群众性，而且集中表现了景颇族的历史起源、宗教信仰、道德观念、音乐舞蹈和文化艺术特点，是研究景颇族社会历史，以及民族学、民俗学最好的活材料，对景颇族的历史文化研究有重要价值。

茶韵千秋

同样是茶叶，这个民族却情有独钟。

哀牢大地承载着一个古老的民族，层峦叠嶂，云腾雾绕，充满神秘。神秘不仅源于大山的深邃，更来自于德昂族文化的古老、丰富与深沉。往事越千年，一部厚重的史书篆刻在滇越大地上。今保山、德宏、临沧一带，属古哀牢地区。德昂族属于南亚语系孟高棉语族的濮人。汉代以前称为"濮人""哀牢人"；唐、宋、元、明时期分别称为"茫蛮""金齿人""蒲人"；清代以来，专称"波龙""崩龙"。这是一个跨境而居的民族，中缅边界分布较广，现有境内人口15458人，占全州总人口的1.18%。

步入德昂山乡，喝着清纯的德昂香茗，阅读《达古达楞格莱标》创世史诗，一个古老而美妙的神话图景会浮现在眼前。

天空雷电轰鸣，大地沙飞石走，天门像一只葫芦打开，一百零二片茶叶在狂风中变化，单数叶变成五十一个精悍伙子，双数叶化为二十五对半美丽的姑娘。

天界下凡的茶仙历尽千难万险，表现出极大的奉献精神，开辟了美好人间，装点了荒凉的大地。在共同经历了一万零一次磨难后，五十个姑娘和五十个小伙返回了天界，只有最小的小弟弟和小妹妹坚持在地球上生活，繁衍子孙，成为德昂人的始祖达楞和亚楞，故德昂人奉茶树为图腾，对其顶礼膜拜。

　　黑夜刚刚消失，洪水又泛滥，五十一对兄妹呼声连天，惊醒了智慧的帕达然。他伸个懒腰把地震裂，让水往下流淌；他打个哈欠唤来风，让茶叶姐妹去施展力量。堆得九万九千九百尺高的茶叶，哗啦啦冲开天门两扇，驾着清风驱洪水，茶叶到处洪水让，洪水退处大地出现，德昂山的泥土肥沃喷香，因为它是祖先们身躯铺成。每座山林都有吃的，阿公阿祖留下了金仓。

　　德昂族崇拜、热爱茶的历史亘古绵延，被其他民族誉为"茶的民族""古老的茶农"，这话一点儿不假。来自天界的茶神消退了地球的洪荒，化惊涛骇浪为和风细雨、鲜花绽放的美景；茶神扼制了凶残的恶魔，让世界充满善良与互爱；茶神开垦了荒野，孕育子孙，让清冷的世界变得热闹欢腾。一个古朴、深沉的民族，带着茶叶浓郁的芳香，走过了漫长的历程。美丽的神界图景充满了力量与智慧，是德昂人战胜自然灾害，与各种邪恶做斗争的精神支柱，也是一笔珍贵的图腾文化遗产，在世界茶文化的宝库中独放异彩。茶仙下凡开辟地球，创造人类，这是一种独特的创世理念。古代自然环境凶险恶劣，随时威胁着人的生命，要生存必须有强大的精神支柱，一种战无不胜的力量鼓舞人们与各种困难做斗争。所以说，图腾其实就是坚强和智慧的化身，它烙印在族人的心里，在不同的历史时期发挥不同的作用。茶仙的创举就是德昂人民一个古老的梦，星程漫漫，追梦千年，多少年后人们才迎来繁华盛世。

　　在古代，这个民族就充分认识到茶叶的实用价值，并广泛种植，开发上市。宋元时期，茶叶作为商品在集市中大量销售，产生了很大的经济效益，创造了财富的阶梯，"金茶""银茶"闪闪发光，精神认知与经济价值交融。如今，崇山峻岭里的古茶树历经沧桑岁月，躯干古朴，枝叶生机勃发，储存着德昂人的历史信息。遥想当年，垦殖荒山，满山青枝绿叶，积累的是物质财富，也是精神财富，执着的图腾崇拜，广泛的生产经营，形成自己的经济文化特质，真是耐人寻味。古道漫漫，驼铃声响，商队迎着南高原的古风走过森林，跨越江河，茶叶作为重要的物资，频繁销往各地，获利颇丰，茶文化酝酿了极其辉煌的时代。由于战争、自然灾害等原因，这个民族没有留下自己的文字，加之汉文史籍记载非常有限，使得历史上诸多重大事件烟消云散，唯有一些蛛丝马迹供后人琢磨。好在茶叶与德昂人如影随形，生产生活中始终传承着别具一格的茶文化。

> 茶叶是德昂人的命脉
> 有德昂人的地方就有茶山
> 有茶山的地方就有动人的故事
> 神奇的古歌代代相传
> 德昂人的身上飘着茶叶的芳香

这首清纯悠远的古歌，是一个茶树民族的道白，他们的思想境界、经济命脉、日常生活等无不与茶叶相连，一生一世与茶结缘：孩提时代嬉戏于茶林，青年时代谈情说爱于茶林，晚年在夕阳陪伴下追忆一生与茶共度的时光。

经过千百年的历史积淀，德昂族茶文化内涵相当丰富，具有浓郁的民族特色，并充分体现在社会生活中，在爱情生活、婚姻习俗、亲朋好友的交往、宗教祭祀活动等中都有着特殊的用途。

一包成年礼茶开启人生的新时段。步入青春期的少男少女期待着一种认可，某天，他们会收到一小包茶叶。茶叶就是请柬，"首冒"（小伙子头人）、"首南"（小姑娘头人）将为他们举行青年集会，邀请他们参加。捧着茶叶的小伙子或是小姑娘，心里会很激动，因为从此自己就是大人了，可以进入社交圈子，可以谈情说爱，曼妙的人生开始了。

一包媒茶试芳心。德昂族青年男子串姑娘叫"毫味尼别牙"。小伙子钟情一位姑娘又羞于启齿怎么办？德昂族有自己的方式，小伙子会托人带包茶叶去姑娘家串门子进行试探，或由"首冒"带着一大群小伙子到姑娘家喝茶、对歌。到春意融融、绿茶满山的时候，便是爱情的季节，青年人互相邀约，成群结队涌进茶园，手里采着鲜嫩的枝条，嘴里唱着含蓄的采茶调，用歌声赞美家乡的山水，倾诉心中的向往，传唱世代不衰的情和爱。欢快的场面，活跃的气氛，消除了羞怯的心理，小伙子大胆接近意中人，两人娓娓谈心，互相熟悉对方。经过双方初步交流，几天后小伙子就托人送去一小包茶叶，若姑娘有意就收下，若不喜欢则婉言拒绝。收下茶叶的姑娘慢慢涉入爱河，一段充满民族情调的爱情生活就开始了。

一包亲情茶叶传递真诚情谊。人生一世，情义最重，德昂人自古以来保持着热情而真挚的情感。两地相思的恋人，互送一包茶叶，那是一封无言的情书，带去深深的爱恋与思念。贵客光临或有朋自远方来，总是高兴无比，一杯香气浓郁、风味独特的烤茶使宾主之间感受亲切，分别时还要赠送一包茶叶，以示双方友谊如茶般香浓，地久天长。

在社会交往中，总是体现出浓浓的茶意。如小酒茶、婚礼茶和干爹、干妈茶等，就是两个人之间产生了误会，也是送包茶叶表示歉意，消除隔阂，如送钱物，却会适得其反。茶叶有着不同的用途。亲情、爱情、友情是人类永恒的主题，德昂族用茶叶传情达意，沟通思想，增进友谊，延续着千年习俗，一切真诚都在茶的甘苦回味之中。所以，茶叶渗透了德昂人的思想理念，一个民族对茶如此情有独钟，实属少见。

君子之德，无不和谐。华夏民族，礼仪之邦，以礼待人，以人为善，源自于古老的传统。重情重义的德昂人，会让人体验到大山深

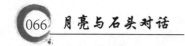

处那种古朴的民风，原汁原味的情感不带有任何附加值。

漫长的种茶历史，不但在社会活动中体现出自身的茶文化，而且在制茶、品茶方面也是别具一格。

藏在深闺人不知，微酸微苦味甘甜。历史悠久的德昂酸茶制作方法很特别，其茶取材于古老的大叶茶树种，要几个月时间才能加工出来。酸茶风味独特，酸涩回味，汤色金黄透亮，是纯天然珍品。德昂族居住地区植被丰富，山泉清澈，日照适宜，空气清新，茶叶长势自然茂盛，其品质自然卓越。今有勐巴娜西茶叶有限公司将德昂酸茶挖掘开发上市，延续古老民族的制作方法，具有深厚的文化内涵，颇受世人青睐。《本草纲目》云："味虽苦而气则薄，乃阴中之阳，可升可降。"饮用德昂酸茶能爽身润喉，清热解暑，美容增寿。

做客德昂人家，少不了要喝砂罐茶。主人先用大铜壶烧开山泉水，再用小砂罐将茶叶烤得焦香，滚烫的开水冲入后在火塘里煨煮，谓之"雷响茶"。这种茶水味道十分浓烈，能及时消渴和解除疲劳。客人可将苦酽的茶水兑淡再喝，依然满口烟香，甘甜之味在胸间萦绕。不管是阴雨连绵的日子，还是骄阳似火的盛夏，在德昂人家品茶都是一种特别的享受，那是都市生活无法体验的。

离开德昂村子，走出密布的森林，茶乡渐远，茶香渐淡，而德昂人的茶文化是一道绚丽灿烂的人文景观，会长久深印在脑海里。

鼓声千年

鼓声召唤太阳，邀约明月和星星与人共舞。

古老的民族，堪称"鼓之族"。鼓的种类很多，鼓与鼓舞齐名，在德昂族居住区，完整地传承着六种鼓舞，即水鼓舞、抬鼓舞、长鼓舞、坐鼓舞、中鼓舞和短鼓舞。其中，水鼓和水鼓舞最具盛名。每逢喜庆的日子，德昂山寨便发出雄浑、深沉的水鼓声，鼓声召唤太阳，邀约明月和星星与人共舞；鼓声延续着千年脉络，传递着各个时代的心声。

沿着鼓声，我们走向遥远的年代，找到了《达古达楞格莱标》诗句的源头。一个母权社会的女王统治着诸多部落，但这些部落往往各行其是，不相统一。有个叫阿龙国扎的男青年，武艺非凡，作战勇猛，多次带领族人打胜仗。一天，他打死了一只大老虎，将虎皮晒在空心的楠木树上。由于老虎凶残暴虐，伤害过的人多，族人非常气愤，故每天用石头和木棒击打虎皮而发出"咚咚"之声，十分解气。几天后，

虎皮干了，声音变小了，人们便用水泼在上面，潮湿后再击之，声音依然洪大。如此反复多次之后，阿龙国扎觉得虎皮发出的声音不但很好听，而且振奋人心，于是，模仿虎皮覆盖的树木，制作了第一个大水鼓，成为部落发出信号、召集人员的大鼓。从此，每当鼓声隆隆，族人便蜂拥而至，具有很大的号召力。水鼓创始人阿龙国扎的威望与日俱增，经过历次征战，统一了大大小小的部落，成为德昂族历史上第一个男性大首领。这就是一个民族最早的鼓声，故事表现了英雄的粗犷与豪气，凝聚了强大的力量。

传说固然很久远，萍踪难寻，但传统是真实的，德昂人制作和使用水鼓的历史很长。他们用兽皮和楠木制成一种风格独特的圆木大鼓，鼓身中部有小孔，击鼓前先将水或酒灌入，以湿鼓身，获取较好的音色共鸣，故称水鼓，德昂语称"格罗当"。水与鼓本是风马牛不相及的，德昂人发明的水鼓真是一个奇妙的创造。容水之鼓，鼓声雄浑激越，充盈天地，豪放大气，闻之会让人产生一种特别的感觉。

水鼓有大小之分，最大的放置在部落总部，每个小部落使用的次之。大鼓用来召唤族人，在古战场上部落间的倾轧或与朝廷的抗争中发出过无数次进军的号角。激战前两军屏息凝神，山野沉静悄然无声；猛然间，狂风呼啸，敌我之间升腾着肃杀之气，战鼓大作震撼山川，旌旗舞弄袅袅夺魂，血腥的拼杀，让临空的苍鹰也失魂落魄，逃逸无影。特制的大水鼓，鼓声惊天地泣鬼神，弥漫着历史的尘烟，使人想到一个曾经兴盛的边地民族；想到那些悲壮、惨烈的古战场，强权政治导致民族反抗，无数勇士冲锋陷阵，血染夕阳；一个民族从强盛走向衰落，旧事依稀，历史波澜壮阔，山河散落着金齿民族的余音。

鼓为"群音之长""八音之领袖"，无论是作为一种社会现象，或是作为一种音乐类别，它始终伴随着我国各族人民的生活与思想感情不断繁衍、传承和发展，成为人民大众喜闻乐奏的艺术品种而深深扎根于民间音乐的沃土之中。作为宝贵的历史文化，小水鼓在德昂族民间舞蹈中一直发挥着重要的作用。每逢节庆喜事，德昂人最喜欢的活动就是跳传统的水鼓舞。水鼓舞鼓声柔和动听，民族特色鲜明，男女老幼都能踏着鼓点跳上几圈。围绕着水鼓，德昂族已经形成了一套水鼓文化礼俗。上了年纪的德昂人一般对水鼓有着很深的情结，当他们见到水鼓，听到水鼓的声音时，就忍不住手舞足蹈，甚至激动得热泪盈眶。由此可见，水鼓文化承载着德昂人民丰富的思想情感，他们跳起水鼓舞来总是饱含深情，边饮酒，边敲水鼓，边跳水鼓舞，通宵达旦抒发喜悦，表达自己的热情好客及对仙女们不畏强暴的赞颂，这是一种与中原文化迥异的边陲山地文化。鼓声延续着千百年的民族力量，鼓声穿越时空隧道，让人追忆历史的坎坷。

　　如果说水鼓是德昂山乡常见的打击乐器，那么，我们还可以欣赏一种特殊的大鼓，这种鼓叫"佛鼓"，不是重要的时刻不露面。佛鼓，意为"佛"之鼓，德昂语称"耿冷牙啪拉"，是由佛爷专门保管，并经佛爷批准才能使用的鼓。有重大宗教活动时，洪亮的鼓声带着庄重与沉静的力量响彻四方，各村百姓应声而至。信徒们在佛鼓声中虔诚祈祷，安宁的心境感受着佛的护佑。夜间听佛鼓感觉很厚重，空旷中显示出大气，宁静中表现出深沉，鼓声好像不是来自人间，而是来自天上或来自地心，或者来自更渺远的地方。大山深处闻佛鼓，会拥有一种轻松、淡泊之感。这是一种欢快后的平静，宣泄后的释然，冷峻中的温煦，流动中的凝注，给人的心灵一种警醒与沉静的力量。在物欲横流的世界里，聆听佛鼓，会多一份闲适，少一份世故。

　　用佛鼓作伴奏乐器而跳的舞叫"佛鼓舞"。佛教节日或迎接外寺长老时，在佛寺的广场上和象脚鼓舞同时跳，是一种男性集体舞蹈，动作与象脚鼓舞不相同，象脚鼓舞热烈欢快，佛鼓舞严肃庄重。

　　佛鼓多少有些神秘的色彩。明代麓川（今德宏、保山）势力崛起，傣族成为当地比较强大的民族，强盛的德昂先民衰落迁离。现盈江县南算寨还保存着一座古老的德昂佛寺，里面保存着一个珍贵的牛皮大鼓。据说，鼓的内部原有增加音量的装置，声音特别大，传播很远，如果经常敲鼓声听多了会使母鸡孵不出小鸡来。

　　这个"鼓之族"不但延续着千年之音，而且还有许多制鼓的能工巧匠。清朝年间，遮放土司为了展现自己辖区内的太平盛世，要在民间举行庆祝活动，于是通告管辖区内的村寨百姓，各制作一具最好的鼓，届时参加比赛。竞赛之日，新鼓云集，结果，德昂族制作的水鼓独占鳌头，其精良的工艺、清纯响亮的声音博得了人们的赞誉。这就是德昂族的"赛鼓"，获奖之鼓被遮放土司留作纪念，放置

在奘房里。

德昂族的打击乐器除水鼓、佛鼓、赛鼓之外，还有象脚鼓、铓锣、钹、磬等；管弦乐器有葫芦笙、箫、笛、比总、布赖、马腿琴、小三弦、口弦和丁琴等，各种乐器凝结着德昂人民的聪明智慧，表现出其精湛的手工艺和高超的技术水平。各类乐器形成不同的音乐格调，有的高亢洪亮、节奏自由，有的曲调悠扬、抒情达意，有的浑厚优美而深沉。

兵器定生存

苍山脚下、洱海周围，昆明人以兵器定生存。

汉代以前，中国西南出现了一个强悍的部落，苍山脚下，洱海周围，无不闪现着他们的身影。他们的出现，常常意味着战乱、暴力、血腥乃至家破人亡、妻离子散，其他民族见之唯恐躲避不及。这个部落就是"昆明人"。昆明人与现今昆明并无关联。

昆明人是洱海区域人口较多的一个族群，其中有不少的支系，德昂先民是其中的一支。在云南古代大部分土地上都有昆明人的足迹，秦汉时洱海区域是他们的聚居地。据《史记·西南夷列传》记载："西至同师以东，北至叶榆，为嶲、昆明，皆辫发，随畜迁徙，无常处，无君长，地方可数千里。"由此可见，古代的昆明人是一个强盛的部落，有着较大的势力范围，庞大的版图背后是日复一日的战争。公元前122年，汉武大帝采纳张骞的建议，准备打通西南商道，遭到昆明人的阻拦，"昆明之属无君长，善寇盗，辄杀略汉使，终莫得通。"这个部落充满了霸气，就是朝廷使者也不放在眼里，汉代以前，没有哪一个民族能从这里穿行。

苍山洱海造就了昆明人的强悍，史说"无常处"，说明他们具有游牧民族的生活习性，不过游走的脚步却从来未离开过洱海。他们以洱海为中心，不断拓殖疆土，最远达四川南部，"地方可数千里"，庞大的疆域带给他们难以言传的满足感。

两千多年前统治洱海区域的昆明人，也以捕鱼、狩猎为生，拥有雄厚的森林资源和矿藏资源，具有一定规模的畜牧业，为其提供了较好的生活基础。历史上有诸葛亮、孟获与昆明的故事。

三国时期，为巩固地方势力，实现割据云南的意图，云南地方大首领雍闿，在吴国的支持下，纠集昆明人部落首领孟获起兵反蜀。雍闿、孟获以蜀国官员要云南民族首领们交纳大量重要物资为由，鼓动各部落参战。为稳定大后方，确保物资供应，诸葛亮于225年率兵南征。交战中孟获屡次战败被俘，故有"七擒孟获"之说。心服口服的孟获被诸葛亮委任为蜀国御史中丞。孟获诚心归附后，诸葛亮为昆明人作图谱，"先画天地、日月、君长、城府；次画神龙，龙生夷，及牛、马、羊；后画部主吏乘马幡盖，巡行安恤；又画（夷）牵牛负酒、赍金宝诣之之象，以赐夷，夷甚重之。"诸葛亮作国谱是进一步实现他攻心为上的政策，目的是安定大后方，恢复和发展生产，并从南中获得大量财富充实国库，为北伐做准备。

昆明人善使兵器。出土的宝剑整齐地排列在一起，剑柄是螺旋的，设计显然注重实战的运用。铜矛柄身笔直，顶部如柳叶一般，锋利无比，刃部依旧闪烁着冷光。特别是刚出土的铜矛竟然是一束束捆绑在一起。昆明人的兵器不追求装饰上的美观，件件都是实用兵器，也许在他们看来，兵器的唯一目的是将敌人一击致命，过多的装饰反而影响使用。

1974年，楚雄万家坝遗址出土了一些奇怪的军事用品，比如一副铜臂甲，应该是战场上的护腕，这在同时期的中原遗址从未出现过；铜矛上大多残留着木棒，似乎刚从战场上退役。如果这些兵器真的是属于昆明人的话，"随畜迁徙"的记述可能太低估他们了——这个部落有着惊人的战争智慧，他们在装备上动的脑子可能正是其剽悍的原因。

西方古罗马的士兵扛着短剑、投枪和盾牌走遍了世界的每个角落，士兵身上没有别的，只有保持体力的盐巴和锋利的武器。从考古发掘中可以看出，这个古老部落热衷的就是制造兵器、开疆拓土，兵器与战争伴随着昆明人的一生，直至死后，见证着血性与搏杀的兵器还跟着下葬。

考古发现的 79 座墓葬，埋葬的可能是 79 个勇士的亡魂，79 个腥风血雨的片断。剽悍勇猛的昆明人，在史学家司马迁的笔下没有留下太多的记述，《史记》中零星的记载，被后人认为是道听途说，却成为我们探秘昆明人为数不多的线索。一个伴随着兵器而生的民族烙印在历史的轨迹中；昆明人已经逝去，出土的遗物依然透着赫赫威风。

控制千里地盘的昆明人，也可能是一个极为复杂的部落联盟，昆明人还保留着单人葬、母子葬、解肢葬、无头葬等多种葬式，由此可以推断，他们之中，有濮人、笮人、叟人，可能还有一支来自中亚的南斯基泰人。

历史的云贵高原一直敞开胸怀接纳着来自各地的逃亡者，流亡令他们走到了一起，这个勇猛的民族又令更多民族成为流亡者。考古学家证实，昆明人一直致力于北迁，北上的脚步跨过金沙江，很快触及邛人地盘。历史上的邛人素以庞大的石墓为部落标志，昆明人出现后，整齐的公共墓穴最终取代了大石墓。正如苏格兰社会学家帕特里克·格迪斯所说：每一代历史文明都从一个充满活力的城市核心，城邦国家开始兴起，而结束于一片枯骨狼藉的公共墓场，或死亡之城。

遥远的辉煌

金齿国不复存在，曾经辉煌的历史却始终留在世人的口碑里。

游览山水间，无意中我们会发现一座模糊残缺的塔基，或是走上一段绿草覆盖的青石板；在民间会步入一个大村落，而这个村子没有一户德昂族却保留了德昂族村名。近年来，在芒市的遮放、轩岗，盈江的回龙河、老官坡、芒允，瑞丽的勐秀、户育、雷弄等地发现大量的德昂族遗址，古村、古墓、古塔历经漫长风雨侵蚀，依然留下沧桑的遗迹。在陇川县城子镇的巴达山上曾经修建过德昂族女王宫，从现存残迹推测，女王宫结构是仿明代建筑，而且富丽堂皇。在巴达山上有八个天然小水潭，即今之大龙潭、小龙潭、蕉瓜潭、杨阿诺潭、新寨潭、早弄拱潭、赖家潭和女王经常去洗澡的南

生弄潭。南生弄潭终年清澈见底，四周花木繁盛，丽日下，当年水潭倒映着女王娇美的身躯。据说，一次女王出征归来洗澡，被部将发现是女的，认为女的不能当王，即将其杀害；又说女王好赌博，有一次一连赌了九天九夜，十分疲倦，解开衣服即睡，被卫兵发现是女的，即将她杀害。德昂遗迹遍布哀牢故地，足以证明他们有过辉煌的时代。

考查女王宫遗址，分析大量的古迹，开启历史的殿门，追寻神秘的金齿国，可以了解德昂族更多灿烂的历史文化。不论是春风拂面、富甲一方的时代，还是秋雨纷飞、苦难深重的岁月，德昂族都以自己独有的方式推进经济和社会的进步。

滇西南疆，高黎贡山纵横千里，怒江、澜沧江奔腾澎湃。这里四季不分明，气候湿热，雨量充沛，森林密布，土地肥沃，热区资源极为丰富。德昂族作为中国的古老民族之一，定居云南的时间相当久远，在新石器时期就开始。德昂族的先民——"昆明人"退出洱海地区后，就在今云南的保山、德宏、临沧等地建立了具有地缘部落和政治雏形的社会组织，唐代史书称为"茫蛮部落"，而元、明时期则用"金齿"记载他们。为共同抵御外敌，德昂先民在不断壮大自身势力的同时，与其他民族形成联盟，一同建立了"金齿国"，一个庞大的部落联盟雄踞一方，创造了灿烂的农耕文明。

"金齿国"是一个范围较大的部落群体。"金齿"是"金齿国"的民族统称，在金齿国的范围之内，其他民族如傣族、阿昌族、白族等都是隶属于金齿民族的。金齿国以漆齿而得名，齿黑亮为美。同时，德昂妇女常年嚼烟，即将芦子、槟榔、草烟、石灰放在嘴里慢慢咀嚼，年深日久，牙齿为金黄色。除保护牙齿外，液体味道浓烈，蚂蟥、蚊虫不敢近身，具有消炎杀菌的作用。嚼烟既是一个嗜好，也是社会交往、传递友谊的方式。另外，德昂先民常用金片装饰牙齿，金亮的牙齿除美观之外，还用来显示自身的富有。但"金齿"是否特指德昂先民，尚无考证，因为云南其他民族也有嚼烟和以金饰齿的习俗。

作为金齿国的族属，当代学者素有"藏彝先民说""傣族先民说"和"孟高棉先民说"等。较为客观的说法认为，古代永昌郡是一个多民族的地方，是以地域关系为基础，不是以血缘部落为纽带，若干部落中相当一部分是布朗、佤、德昂诸民族先民，同时也包括傣、彝、白等族先民。德昂族曾是一个人口众多，支系较多的民族，根据大量调查，归类为饶静、饶薄、饶卖、饶扩等支系。不同的支系与他们的生活有着历史的关联，印记着祖先的技能和支系的源头。如"饶静"是缝衣服的缝，他们说，自己的先辈善使针线，缝制衣服；"饶扩"是怒江源头之意，是祖先最早居住的地方。

一度强大的金齿国拥有广阔的疆域，《元史·地理志》记载："澜沧江界其东，与缅地接其西。""沱江州（今越南的山西省、富寿省一带）地接金齿。"隋唐时期，金齿国已是一个社会经济比较发达的地缘部落，每个部落拥有一片土地，拥有若干村落。其行政机构是金齿国—"茫"—"千"—"邦"四个等级。通过进行历史考察分析，金齿国的政治、经济中心应在今保山市。早在汉、晋时期，永昌（保山）就是濮人的主要居住区，今保山市的瓦窑乡仍有许多莽姓居民，他们的姓氏即来源于其先民的莽人部族。

德昂人世代生息繁衍，创造着区域文明，雄厚的经济基础支撑着部落王国的框架，到宋、元时期已能广泛使用铁锄，拥有先进的生产工具。除发达的农业外，还能打制精巧的金银首饰，元《招捕总录》记载说：林场蒲人阿里，每年向永昌司署缴纳铁锄六百把，有个叫雄黑的族人每年缴纳布三百匹。这些贡赋说明当时冶金、锻造、纺织技术与生产技术是比较发达的。同时，商业也具有相当的规模，

"交易五日一集"，有的每七天开市三次，布、毡、茶、盐在市场上广为销售。青山厚土，金茶飘香，茶叶从精神境界走向市场，成为主要流通物资，积累了大量的财富。另外，隋唐时期的德昂先民已能普遍制取食盐，其方法是将木柴烧成木炭，再用卤水浇在木炭上，灼热的木炭将卤水中的水吸干，盐即被分离附着于木炭表面，取下后即可食用或在市场上销售。他们控制并开发了一批盐资源，世人少不了的生活必需品为他们创造了又一个丰厚的财源，也成为部落王国重要的经济命脉。农业、手工业相互促进，同步发展，商业走向繁荣。人们普遍认为"崩龙人很有钱，银子也多"。元至治二年（1322），镇西路（今缅北新城一带）大甸火头阿吾与三阵作乱夺下不岭寨，俘虏五十个蒲人，其族各以三百两银子赎一人，把五十人全部赎走。三百两是否确切不得而知，但高价赎回是肯定的。由此可见，金银货币在金齿民族中已有相当的积累。

元朝统治时期，朝廷曾对金齿部族进行军事征服。频繁的战争，金齿经济遭受破坏，军事实力遭到极大削弱，政治势力日渐衰落。而今，古老的山风依然在诉说着当年战争的场面，残酷的王朝政治给时代留下惊心动魄的记忆，历史的伤痕隐没在层林深处。

进入元朝中期，德昂先民开始出现大规模的迁徙，离开本土，金齿民族进一步走向衰落。但德昂族对经济社会的发展做出过重要贡献，创造了灿烂的文化。历史铭记着一个民族的智慧，岁月的尘土覆盖了昔日的王宫村落，遗址依稀可辨，曾经辉煌的历史却始终留在世人的口碑里。

古老而年轻的恋歌

一场荡气回肠的生死之恋，为后人赢得爱情的自由。

早在汉朝以前，一个古老的民族就在滇西云岭崛起，他们以洱海为中心，不断拓殖疆土，最远达四川南部，"地方可数千里"，庞大的疆域带给他们难以言传的满足感；进入唐宋时期，更是风起云涌，成为强悍的金齿民族；元朝以后走向衰落，退出统治地位，常年战乱，族人流离失所。这个曾经辉煌的民族就是今天的德昂族，史称"濮人""哀牢人""金齿""蒲人"等。清代之后称"崩龙"，1985年根据本民族的要求和意愿，改称"德昂族"。

家庭是社会的细胞，婚姻是家庭的构建基础，德昂族是中国古老的茶农，其爱情婚恋同样浸透着茶叶的芬芳。当我们穿越岁月的时空，就能细细品味一个民族的传说，现代人可能从古代获得启示。

那个日落黄昏的时刻，漂亮的玉楠姑娘突然收到一包包裹成三角形的茶叶，她顿时喜形于色，两眼闪烁着激动的光芒。这个初长成人的德昂族姑娘为什么会特别高兴呢？原来这是一包成年礼茶，说明她已年满 18 岁，属于成年人了，并已得到同龄人的认可，可以进入社交圈子，谈情说爱了。走进如花似玉的季节，怎不令人心花怒放！

一家有女百家求，容貌俊俏的玉楠姑娘备受小伙子的青睐，每个小伙子都想娶到这个漂亮的姑娘。一年一度的泼水节快到了，为试探姑娘的芳心，小伙子们都在悄悄编制竹篾扁帕，验证自己的心愿。

激动人心的时刻终于来到。今年的泼水节，雷弄山女王莅临勐丹寨，女王美丽的容貌，艳丽的浓妆，给人一种母仪天下的感觉，使整个村寨蓬荜生辉。庄严的浴佛仪式结束后，女王站在台上郑重宣布：泼水开始！奘房边的场地上顿时热火朝天，水花四溅，青年男女互相泼水，互致祝福，伴随着阵阵欢声笑语。在这个欢快的时刻，也是许多男青年最忧虑和期盼的时刻，因为他们都把自己精心制作的扁帕送给了心上人，如果对方有意，今天就会背着扁帕出现。玉楠姑娘收到的礼物最多，当她出现的时候，一伙男青年都在忐忑不安地观察，希望在她身上看到自己的信物。可是，一个个都失望了，只有阿龙国扎欣喜若狂，他反复确定，玉楠优美的腰肢上系着一个精巧的竹篮，那正是他发射的爱情的"神箭"。一个叫腊底的青年内心充满嫉妒，他乜斜着双眼说："真是鲜花插在牛粪上，想不到一个穷鬼还能吃上天鹅肉。"

玉楠与阿龙国扎涉入爱情的河流，"月上柳梢头，人约黄昏后"，两人经常秘密相会。一首首情歌点燃了爱情的篝火，回荡着青春的气息，初见的赞美歌、相互的对答歌、表示思念的想念歌等，歌声相互温暖着对方的心，浪漫的情调拉近了心的距离。

月牙儿弯弯挂在西山边
为了心中的妹妹我翻山又越岭
顺手摘下一束夜来香
编成花环请妹妹你挂在胸前
花香就是我对你的思念
花环就是我对你的爱恋

夜来香悄悄地香透了天
哥哥哟悄悄地来到我面前
唱一首我心中的歌谣
那是心曲请细细聆听
唱的是我对你的思念
唱的是我对你的爱恋

阿妹哟请你靠着我的肩
让花香围绕着你
让我们的手紧紧相牵
让我们的心永远相连

　　勤劳勇敢的阿龙国扎与聪明美丽的玉楠姑娘相好，赢得族人的赞誉，都说他俩是天生的一对。阿龙国扎犁田的时候，玉楠就站在山头用歌声把他呼唤；阿龙国扎出去打猎，玉楠就等候在村口；每逢喜庆的节日，阿龙国扎敲响水鼓，玉楠翩翩起舞。可是，玉楠的父母嫌弃阿龙国扎家庭贫穷，竭力反对两人相爱，千方百计阻止女儿与阿龙国扎见面。当太阳躲进大山后，葫芦丝声穿透黑色的面纱，玉楠的心扉就跳动不已，她急忙点燃火塘，想把阿龙国扎迎进家中，父亲却声色俱厉，严禁玉楠跨出家门半步。优美动听的葫芦丝声从期盼到惆怅，倾诉着相思的忧伤。阿龙国扎每晚不停地吹，吹得玉楠的父母无可奈何，烦躁不已。后来，玉楠的父母终于对阿龙国扎说："你要想娶到玉楠必须带一大笔彩礼来。"为了心爱的姑娘，阿龙国扎只好出门挣钱。一年后阿龙国扎回来了，可是玉楠的父母不守信用，撒谎说："玉楠出嫁了。"其实是父母在深山里盖了一间窝棚，让玉楠住在里面。阿龙国扎不相信，他始终觉得玉楠没有走远，一定藏在什么地方。明月皎洁的夜晚他四处寻找，不停地吹奏葫芦丝。孤独恐惧的玉楠隐约听到熟悉的葫芦丝声，惊喜万分地跑出窝棚四处张望。就在此时，一只凶猛的老虎向玉楠跑来。玉楠惊恐万状，拼命地呼救奔跑，最后抵达悬崖高处，下面是滚滚大江，眼看猛虎即将扑来，玉楠纵身跳入江中。阿龙国扎听到呼喊声，拼命跑来救玉楠，当他赶到的时候，惨剧已发生，只在地上捡到玉楠的一只耳坠，那是在奔跑中被藤蔓挂掉的。他气急万分，挥刀把老虎砍死了。

阿龙国扎来到玉楠家，父母得知女儿的死讯后当场昏倒。阿龙国扎肝肠寸断，万念俱灰，把耳坠和虎尾挂在玉楠家门上，然后坐下来吹起了悲痛哀伤的葫芦丝。全村人听到凄恻哀怨的乐声都为之流泪，觉得这对恋人太悲惨了。阿龙国扎回到家里，将老虎皮剥下来晒在一颗空心楠木树上。因为平时老虎伤人太多，这次又逼死了玉楠，族人恨之入骨，不时用木棒敲击虎皮，发出"咚咚"的响声。一连几天的敲击，声音渐渐变小了，大家就用水把虎皮浸湿，再击之，声音依然雄浑洪亮。为了发泄心中的悲愤，阿龙国扎每天都要狠狠地敲击虎皮若干次。一天早上他突发奇想：虎皮与大树是否能结合起来，变成一种敲打的乐器？于是，他决定制作一种特殊的大鼓。大鼓制成后，定名为"水鼓"。鼓声召来了很多男青年。于是，他暗暗下决心，一定要把大家组织起来，统一大大小小的部落，推翻旧制度，废除一切不合理的婚姻规定，干一番轰轰烈烈的大事。

实现部落统一的战争终于爆发了，在隆隆的鼓声中，在血色的厮杀中，阿龙国扎带着队伍冲锋陷阵，首先打败了本村的小部落，一路进军，屡战屡捷，威望越来越高，队伍在不断壮大。看见阿龙国扎的队伍声势浩大，腊底也很快参加了战斗，并当上了一个小头目。不久，部队在进攻雷弄山的时候久攻不克，面对强大的女王部落，两军交战，死伤无数，横尸遍地。阿龙国扎在战斗中不幸负伤，队伍受到重创，不得不退回山林。女王率队紧咬不放，大小战斗随时发生，在困难的时刻，腊底突然带着部分队伍投敌叛变，阿龙国扎只好率队躲进更隐秘的大山。

玉楠突然回来了！全村百姓欢呼雀跃，老老少少围着玉楠问个不停。姑娘讲述了自己死而复生的经过：那天我跳入江中后，拼命地挣扎，沉浮不定，身体与礁石碰撞，左右翻滚，我心里实在是放不下阿龙国扎，不甘心就这样死去；忽然间一股巨大的流量把我冲到对岸，我抓住草秆拼命往上爬……醒来的时候我已躺在长老的奘房里。旁边的长老接着说：发现玉楠的时候，她已遍体鳞伤，左腿还骨折了，看上去奄奄一息，我用草药为她疗伤，半年过去才恢复；孩子给我讲述了她自己的遭遇，我这个出家人也为之感动……

为了给远方的心上人报平安，问候对方，玉楠差人带着一包茶叶去找阿龙国扎。哪知报信人误入女王营地，刚好被腊底遇见。腊底听完事情原委，心想机会到了，玉楠终究是自己的。于是他软硬兼施，强迫报信人回去撒谎，说阿龙国扎已战死。为了收买报信人，腊底给了对方一些银两。

不久，腊底带着人马回到村里，耀武扬威，非常得意。按照族人的习俗，他派媒人送去一包提亲茶，茶叶用红纸和红线包扎，媒人把茶叶放在供盘上，双手递给玉楠的父母，表示正式向对方提亲。

腊底家本来就富裕，现在他又当了女王的部将，玉楠的父母很想成了这门亲事，欣然接受。于是不管女儿同意与否，决定择日"喝小酒"（定亲），设宴款待客人。几天后，媒人背着茶叶、芭蕉、烟酒和猪肉到女方家请客，还带来很多礼金。玉楠父亲毫不犹豫地砍下一只鸡的头颅，表示定下的婚事不再反悔。叔伯们都来了，大家坐在一起用餐，玉楠把自己关在房里，直到客人散去都没有出来。次日，腊底要回营了，临行前来到玉楠家辞行，玉楠不见他。他站在院子里大声说："阿龙国扎已经死了，你不要再等；结婚的日子已选定，就一心一意嫁给我吧。"玉楠说："我活要见人，死要见尸！"腊底恶狠狠地说："好吧，如果他还活着，我会砍下他的头颅来见你！"说完，扬鞭策马，飞奔而去。

遥远的雷弄山

阿龙国扎厮杀的战场

血腥风雨刀剑无情

古今战将几人回还

如果你还活着

请你不要失望

玉楠站立村口

日日夜夜把你期盼

如果你已战死

请你不要悲伤

另一个世界

玉楠为你做伴

斗转星移海枯石烂

相爱之心永不消亡

玉楠站在菩提树下，滚滚泪珠倾诉着苦楚的情怀，多少个日落黄昏，一腔幽思遥寄云天；多少个漆黑的夜晚，裹着一个少女无尽的思念……

高大的树身遮天蔽日，苍穹万里无云，阳光像刀剑般投射在树林间。阿龙国扎的伤口已全部愈合，他走出帐篷外试着舞弄大刀，感觉体力很好，觉得自己可以出征了。半年多来他一直躲藏在深山老林里，心里十分憋屈。这时一个士兵跑来禀报："大王，我们抓到一个探子，要如何处理？"

"他招了吗？"阿龙国扎问。

"没有。我们抽打了他多次，这小子就是不说。"士兵回答。

阿龙国扎来回踱步，反复考虑，然后对士兵悄悄说了些什么。士兵立即往回跑。过了一会，探子被押过来了，士兵大声禀报："大王，我们抓到一个探子，如何处置？"

"混账，抓到一个小小的探子也要来禀报，一刀宰了不就得了。以后不用禀报了，凡是逮着的奸细斩首丢在林子里喂野狗！"

话音刚落，几个彪悍的士兵嗖地抽出钢刀，准备行刑。探子两腿发软，瘫在地上："大、大……大王，我提供重要军情，可否免死？"

"嗯，那要听你说说看，如果没有价值，还是要处死你。"阿龙国扎假装犹豫片刻才说。

"这个秘密很重要，人王，您说话可要算数呀。"

"别废话，赶快说。"阿龙国扎显得不耐烦。

"雷弄山的女王叫杨阿诺，她有个癖好，每当风清月明的晚上，她会独自到两里地以外的池塘里沐浴，然后站在岸边欣赏水里自己身体的倒影，不允许任何人去打搅。"

"暂且免你一死，待我们查实后再定夺。押走。"阿龙国扎说完挥挥手。

"大王，我说的可是千真万确呀……"探子被押下去时一再回头说。

深秋的池塘清澈见底，微风轻抚，野花芬芳，树上蝉鸣，酷似传说中的仙境。阿龙国扎亲自带着几个武功高手悄悄潜入雷弄山，埋伏在池塘旁边。一阵马蹄声打破寂静的夜空，女王真的来了，她像往常一样，卸下戎装，解下衣裤，周身一丝不挂。女王不但有漂亮的容颜，而且肌肤光洁无瑕、明丽剔透，尽管月色有些朦胧，能见度还是很好，乳房摄人魂魄，雪白的美腿修长细腻，令在场的男人呼吸窒息，血脉奔涌。很难想象，在战场上她是个叱咤风云的魔王，多少人死在她的长剑下。阿龙国扎和身边的人看得发呆，好长时间没有做出行动。他们不敢相信自己的眼睛，迷人的风光满足着无以言状的好奇心。直到女王的身躯没入水中，一个士兵才说："大王，别看了，再不下手就没机会了。"阿龙国扎打了一下对方的头说："你还不是在看。"接着说："今天先不杀她，将她带回营地，以此威逼她的部下投降。"

突如其来的遭遇使女王措手不及，即刻被擒住，阿龙国扎把钢刀架在对方的脖子上说："穿上衣服跟我们走，只要你不反抗，我们决不伤害你。"

"你们的眼睛侮辱了我的身子，玷污了我的灵魂，如此下三烂，没什么好说的！"女王愤怒至极，脖子抹在锋利的刀口上，顿时鲜血喷薄。

女王血溅池塘，留下凄美的传说，故事在民间流传千古。当年的无名池塘被命名为杨阿诺塘，时光隧道里，美若天仙的女王早已返璞归真，靓丽的身躯成为池塘永恒的影子——这是后话。

女王死后，阿龙国扎即刻组织人马进攻雷弄山，本想着擒贼先擒王，杨阿诺死后，女王部落一定会树倒猢狲散，可以一举攻克敌营。

可是，哀兵必胜，首领被害激起女王部落更大的仇恨，他们个个奋不顾身，一次又一次发起冲锋，誓死拼杀，战鼓如雷，战剑如云，两军对抗，打得天昏地暗，将士的脚下到处是积血。在激烈的拼搏中，双方的士兵都在成批倒下，看不出谁胜谁负。大量身受重伤的战士在地上翻滚，疼得呼天叫地，殷红的血水模糊全身。直到双方大伤元气后，激战的场面才暂时消退，何其悲壮惨烈的景象。

几天后，两军再次对峙，阿龙国扎的队伍虽然损失过半，却依然锐气十足；女王部落的军士同样宁死不屈，抱着流尽最后一滴血的态度，显得杀气腾腾。一场更剧烈的拼杀即将爆发。正在此时，长老带着一千多人前来支援阿龙国扎，顿时形成敌寡我众的态势。但援军没有立即参战的意思，只见玉楠身着秀丽的服装，唱着山歌走出阵营。

我们都是茶仙的后代
同根同源一起走来
相互残杀何时了
手足情才是人间至爱
钢刀砍下仇人的头颅
积怨却会形成大海
大家放下屠刀吧
彼此不要再伤害
……

玉楠的突然出现，吸引了两军将士的注意力，凝固了相互进攻的态势。阿龙国扎惊呆了，战刀滑落在地上。他缓缓走近玉楠，两人紧紧拥抱。敌营中的腊底举起弓弩，准备射杀，却被身边的一个战将砍死，并骂道："没良心的家伙，还嫌族人死得不多吗！"

歌声停止了，阿龙国扎抱着玉楠走出血腥弥漫的战场，全体士兵跟随其后，这种高姿态的行为令敌方深受感动。不久，那个砍死腊底的战将率女王部落余部投诚，归顺阿龙国扎部。

阿龙国扎统一了各个部落，成为大首领。他对身边的人说："大事成功了，我也该回到勐丹寨请人去提亲了。"大伙笑着说："您是大王呀，提什么亲？喜欢谁就去抢来呀！"阿龙国扎说："不能坏了德昂人的规矩，好的习俗要保持，不合理的要废除。"

一天中午，玉楠走进自己的闺房，发现床头挂着一包茶叶，这是小伙子试探姑娘芳心的做法。玉楠明知故问："是谁送来的？"佣人笑着说："小姐要当大首领的夫人了，恭喜！恭喜！"

"谁说我要嫁给他？"玉楠假装生气。

"小姐，你们生生死死，相爱很深，总算老天有眼啊……"

玉楠取下床头的茶叶，两眼噙泪，久久凝视。

一场盛大的婚宴，青年男女相聚，形成对歌的阵营，歌声如潮，笑声如浪。客人散去后，阿龙国扎和玉楠为老人施洗脚礼，玉楠父母惊惧不安地说："您是大首领，这些礼节就免了吧。"阿龙国扎说："不行，这是晚辈的本分……"

勐丹寨惠风和畅，夕阳西下，阿龙国扎与玉楠相依而坐，优美动人的葫芦丝声飘向空中，向四处弥漫。

费顺哈　鼓声追梦

从苍茫雄劲的巴达山到欣欣向荣的费顺哈，鼓韵长存，鼓声追梦不止……

腊刚阿爹是费顺哈的打鼓人，费顺哈是滇西中缅边界一个德昂族村寨。从弱冠之年到耄耋老者，鼓声弥漫在九十年的岁月中，德昂水鼓的灵魂早已幻化在他那高大浑厚的身板上。困苦贫瘠的时光，鼓声如泣如诉；温暖火红的盛世，鼓声如诗如歌。由于年龄的关系，几年前他才不得不离开桨房回到家里。今天他特别兴奋，不顾家人的劝说，坚持要到桨房里再次擂响水鼓。

"老头子，你疯什么？晃晃悠悠的，别去了。"老伴劝阻。

"唉，你不懂。"阿爹回答着人已走出院子。

"阿祖，等等我，我也要去打鼓……"七岁的曾孙从后面追赶。

"一老一小着魔了。"老伴骂道。

因为明天县政府领导要来寨子里举行新农村建设竣工典礼，新房子、新公路、新学校……才短短几年时间，现实与记忆天差地别，眼前焕然一新，真实的变化撼动着一个古老的梦境，阿爹坚信自己的鼓声还是铿锵如初，鼓槌未老。明天他要亲自上阵，进行一次水鼓表演，用圆梦的鼓声迎接客人，狂欢一场。

曾经的时光，腊刚阿爹围着火塘，多次给孩子们讲述过水鼓的来历。当年听故事的小孩，如今已变成老人，阿爹变成老人的老人，

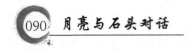

但一个民族的记忆永不消退。

庆典会在榕树下召开，前来参加的人数远远超出预计，观众围满了整个场地，并涌向四周，坐在土坎上、石头上围观。歌舞团的节目赢得一次又一次掌声，当许多节目结束后，报幕人再次走出来。

"下面请看九十岁腊刚老爹表演水鼓舞。"报幕人接着说："人老鼓更老，请大家猜猜，这个大水鼓有多少年的历史？"

台下开始议论纷纷，有的说五十年，有的说七十年，但都不对。最后报幕员说："还是让我来告诉大家吧，这鼓有九十多年的历史，比腊刚老爹的年龄还要大！"

会场顿时一片哗然。放置在台上的水鼓果然古朴大气，尽管多次做过修复，但浑身上下依然浸透着历史的厚重感。鼓声在少女的舞蹈中响起，最初宛如天涯的雷声，雷声由远渐近，成为令人惊撼的春雷，响彻四方。阿爹气势豪迈，银色的胡须在微风中飘动，举手之间动作略有些迟缓，这恰恰成了一种击鼓的风范，观者无不振奋。其实，阿爹今天出场根本不是想表现自己宝刀未老，而是因为一种魂牵梦绕的水鼓情结。在他看来，今天的鼓声非同寻常，年近百岁，如此愉悦、洪亮的鼓声并不多，印象中是第四次。他有一种无名的冲动，想再次体验那种击鼓的惬意。

老爹永远不会忘记六十年前的一天，工作组的同志用手指着说："这块水田是分给你的。"他兴奋地跳进田丘，感觉谷苕芬芳，连杂草也变得格外亲切。他用手使劲掐了一下自己的胳膊，证实不是在做白日梦。之后一路小跑，直奔奘房，搬出水鼓就敲。阿爹的阿爹说："不是过节，你敲什么水鼓？"粗壮遒劲的手臂挥舞不歇，鼓声大，他的声音更大："阿爹，您知道吗，我家分得一块水田了！""啊？看来这朝代真的是变了。"这算是阿爹第一次击鼓追梦，情醉耕地的时刻。此后，寨子里一旦有什么重要活动，阿爹就把水鼓擂得震天响，有水鼓声音，就有阿爹的身影，鼓与人渐渐融为一体。

又是一个细雨纷飞的夜晚，那个巨大的水鼓早已变成"四旧"无人问津，德昂人的水鼓声一度无声无息，饥饿和贫穷成为最现实的问题。阿爹做梦大口吃肉，正在狼吞虎咽的时候，隐约听到有人喊他，醒来发现篱笆外面果然有声音，那是寨子里的伙伴。他们来到榕树下，那里聚集着一大伙男女青年，相互密约准备出走缅甸。

"真要走吗？"阿爹问，他原先根本没想过这事。

"嗯。佛祖上天了，谷魂跑到缅甸去了，我们只有到外国去才能吃饱饭。"

阿爹搓手挠头，再三犹豫，最后还是没离开费顺哈，望着夜幕中消失的背影，他的内心充满极大的痛苦和彷徨，不知道自己的决定是对还是错。那一夜他没睡，北斗星升起的时候，实在煎熬难耐，不顾一切地冲进奘房，敲响尘封数年的大水鼓，鼓声幽怨沉闷，飞向渺远的太空，那些无形的音符就是一个年轻人的呐喊，但别人听不懂，只是倍感奇怪。这是阿爹最难忘的第二次击鼓，宣泄心中的无奈。次日村民才确认，有人出境了。"叛国投敌"，事情非同小可，费顺哈迅速沸腾起来了。工作组绞尽脑汁分析敌情，猛然想起昨夜的鼓声，于是很快断定阿爹击鼓是在给境外的敌特发报。可是，他们用刀子划开鼓面的牛皮，里面却什么也没有。证据找不到，嫌疑难释，阿爹被关禁闭半月。

鲲鹏展翅，凤鸣岐山。"承包到户"的年景，费顺哈发生了件奇怪的事，有人说昨夜天上飞来一个亮锃锃的火球，落在费顺哈的大榕树上，天亮后，树杈上长了一个包团。人们说谷魂回来了，从今以后不会再饿肚子了。于是族人宁愿信其有，不愿信其无，自动组织赶摆庆贺，场面热火朝天。年近花甲的阿爹喝得摇摇晃晃，水鼓却敲得有板有眼，毫不逊色，累了就伏在鼓上打呼噜。

"阿爹，累了就回去休息吧，我来敲。"一个小伙子很想擂水鼓。

"不，回去了你们就听不见鼓声了。"

"也是，您的呼噜声就是鼓声。"小伙子怏怏不乐地走开，全场一片哄笑。

寨子里的男女老少听着鼓声，也听着呼噜声，周身舒坦如意，感觉比任何时候都滋润，欢歌狂舞，通宵达旦。这是阿爹有生以来第三次击鼓追梦，情醉夜晚的光景，他自始至终没有离开现场。

德昂老人的鼓声，德昂姑娘的舞蹈，相互烘托，产生了极好的互动效应，台下的族人不知不觉地跟着挪动脚步，将今天的庆典会推向高潮。此时此刻，一位世纪老人的眼角沁出了滚烫的热泪，只因为阳光艳丽，气候炎热，汗水掩盖了泪水，观众没有发现。这是腊刚阿爹平生第四次击鼓追梦，情醉榕树下的时刻。九十个春秋，岁月悠悠，同辈人已所剩无几，说实在的，与会者没有几个人能真正读懂老人的一腔情怀。水鼓之声与阿爹的一生紧紧相连，青春年华，时代的虹霓温暖了历史的冰泪，千年梦想划过无数寂寞的天际，终于降落在德昂人家，一块耕地，一头耕牛，不再是奢望，一种打击乐器成为抒发喜悦的工具。风云变幻的山寨，贫穷与苦闷曾经困扰着阿爹的身心，儿时的伙伴逃向日落地西方，至今杳无音讯，想念已成怀念，鼓声隐藏着一丝伤痛。四十余年铅华洗尽，费顺哈那些低矮的茅屋、漆黑的破门，那些泥泞不堪的村道已经定格在一个句号的前面。水鼓之声与一个民族的历程紧紧相连，记忆的流线连着阿公阿祖的故事。拨开历史的尘烟，族人为生存而战，刀光剑影，鼓声泣血，誓死抗争，但最终还是逃不出强权政治的魔掌。元末明初迁徙、逃亡，山河散落着"金齿"民族的余音。为保住一块仅有的水田，清朝后期德昂山寨曾爆发了著名的塔瓦岗起义，起义虽以失败而告终，但官府的钢刀砍下了壮士的头颅，却砍不断德昂人民的仇恨。鼓声从远古走来，追梦不止，披肝沥胆，沧桑悲壮，这种旷世之音最终与一个朝代拥抱，这个朝代的年号叫"中华人民共和国"。

　　从苍茫雄劲的巴达山到欣欣向荣的费顺哈，鼓韵长存，鼓声追梦不止。

月亮刀魂

阿昌人淬炼锋利的钢刀，也淬炼如歌的爱情……

不认识阿昌族，或许你见过阿昌刀，因为阿昌刀不但技艺精湛，而且出奇的锋利，运用广泛，畅销国内外。人们赞美好刀常用"削铁如泥"一词，而阿昌刀则是"斩巾如膜"，数块毛巾挂在铁线上，阿昌刀一闪而过，毛巾就被拦腰斩断，观者无不惊叹，这就是阿昌刀的厉害。阿昌族同样是一个古老的民族，他们的根在黄河，魂在北方。其先民原来住在我国的西北地区，公元前4世纪，因受到秦国的强大威胁，一部分南迁到今四川的西昌一带，公元2世纪左右迁到了怒江流域，在这里度过了一段漫长的岁月。他们早在古代就开始离开我国西北的甘青高原，分两路逐步向西南迁移。元朝以后，阿昌族的中心已经逐渐转移到今德宏州和邻近的腾冲县。"阿昌"这个名称在13世纪初的元代，才正式载于汉文史籍，应该说这是汉语中最贴近的音译。汉文文献记载，阿昌族有"峨昌""蛾昌""萼昌"等读音相近的名称。主要集中聚居在云南省，共有3.35万人，占阿昌族总人口的98.77%。

叮叮当当的打铁声穿透清晨的浓雾，萦绕在田野，数百年来，回荡在村寨的上空，从不间断。阿昌人淬炼锋利的钢刀，也淬炼如歌的爱情。

阿蛮是个孤儿，一人独自生活，但他是勐撒寨子的好猎手。这天他背着一些兽皮到集市上出售，在街上遇到一个漂亮的姑娘，两人对视片刻，姑娘莞尔一笑离开了。邂逅的印象挥之不去，一见如故成相思，此后他一直在寻找那位少女。

夜晚的七星寨，青年男女相聚在火塘边，两人不期而遇，阿蛮激动不已。大家彼此对唱情歌，渐渐拉近情感，相互认识，得知姑娘芳名叫春月，就是七星寨人。滚烫的歌声暂停后，阿蛮迫不及待地掏出烟盒给姑娘们传烟，他故意绕开大伙，直接递给春月。春月接过烟盒说要先看看阿蛮的腰刀，阿蛮不知其意，只好给她看。之后春月把烟盒和腰刀还给了阿蛮。姑娘没有收下烟盒，说明她不喜欢自己，这是族人的爱情古规。火塘恋情碰壁后阿蛮猜测对方可能是嫌自己贫穷。于是，第二天他背着一大捆珍贵的兽皮来到春月家求婚。春月的父亲说："小伙子，你想错了。我们是要选择一个有好手艺的能打好刀的后生做女婿。明年正月二十六我家要举行一次选婿活动，比赛砍树，谁的钢刀最锋利，谁就当选，到时你来参加吧。"

比赛的日子越来越近，春月的身影在他脑海里晃来晃去，可能失去心上人的忧虑与日俱增。阿蛮没有心思再打猎，他跋山涉水，四处寻访，一天，终于认识了一个叫曹洪山的老爹，并拜

其为师。因阿蛮诚恳勤奋，颇受师傅赏识，学到很多真本领，自己锻造了一把形如月牙、寒光闪闪的月亮刀，师傅很高兴，赞扬阿蛮学艺快，有灵性。比赛那天，人山人海，参赛的小伙子很多，头人的儿子也来了，这个纨绔子弟早就看上了花容月貌的春月，也想娶其为妻。树的硬度不同，各自选择。阿蛮来得较晚，只剩下一棵粗壮坚硬的栗树，站在台边观看的春月担心地骂道："笨蛋，咋不来早点。"比赛开始，锣鼓喧天，选手们先后砍倒了树木。阿蛮最后一个走上去，手起刀落，可是树没有倒，顿时周围一片嘲笑声，说阿蛮是"日脓包"（能力很弱的人）。就在大家议论纷纷的一瞬间，栗树缓缓倒下了，并被砍成两节。全场一片欢呼，锣鼓震天。在一片赞美声中，阿蛮站在台上，主持人将大红布斜挂在他的身上。头人的儿子非常不服气，在一边愤愤地说："哼，你的大刀再锋利，也不可能娶到春月！"说完带着佣人扬长而去。

头人的儿子坐在家里闷闷不乐，准备派人把春月抢来成亲。为讨好主子，管家出主意说："少爷，抢是可以的，但总得找个理由吧。我们阿昌族不是有抢婚的习俗吗……"他附着主人的耳朵小声说了些什么。头人的儿子兴奋地说："就这样，抓紧办。"那天早上，阿蛮上山打猎去了。见阿蛮外出了，一伙人突然冲进春月家，头人的儿子给供桌上面的祖宗牌位上香，说："今天我娶走春月了，特向祖宗道别，请保佑我们平安……"说完强行拉起春月往外走，春月死活不依，拼命挣扎。春月的父亲极其恼怒，手握长刀堵在门口，两边相持不下。争吵了很长时间后，春月的父亲举起刀子说："今天我跟你们拼了！"一兵丁从背后将其抱住并按倒在地。随即春月被强行扛走，头人儿子骂道："哼，老不死的，给脸不要脸。"依照抢婚习俗，新娘刚进门，头人家就燃放鞭炮，准备立即拜堂成亲。就在这当口，阿蛮带着一伙人突然赶到了，他怒气冲天，举起月亮刀把头人家的屋檐砍去一大块，逼着头人家交出春月。头人家见对方人多，而且惧怕月亮刀的威力，只好放出春月。原来是阿蛮走到半路突然想起弩箭药忘记带了，这是打猎必不可少的东西，只好返回家取，刚进寨子就知道春月被抢走，所以飞奔而至。

为了让头人的儿子尽快死心，春月的父母张罗着赶快给孩子们举办婚事。可是，一场厄运正在向阿蛮悄悄袭来。这天下午，阿蛮正在地里干活，突然间，头人的家丁们冲上来，不由分说，将阿蛮抓起来。阿蛮问："你们抓我干什么？"管家说："过会儿你就知道了。"阿蛮拼命挣扎，一兵丁说："要你死个明白，回家看看你干的坏事吧。"兵丁押着阿蛮回勐撒寨子。

第二天上午，勐撒寨的保长敲着锣边走边喊："全村男女老少赶快集中到场地上，大头人要来开会……"头人的儿子、管家等人站在一边，脸上露出诡秘而得意的笑容。头人的儿子小声问管家："事情都办妥了吗？"管家点头哈腰地回答："少爷放心，万无一失，今天这个穷小子死定了。"村民很快被召集起来了，大家交头接耳，议论纷纷，不知道发生了什么事。过了一会，阿蛮被五花大绑押进会场。头人声色俱厉地宣布："阿昌人打刀的火塘是圣洁的，昨天阿蛮在风炉里烧死一只活猫，犯了族人的大忌，今天必须将其处死，否则瘟疫将会降临到寨子里……"经现场对证，阿蛮家的风炉上的确有一只被烧焦的死猫。其实这是头人的儿子故意使阴招陷害阿蛮，乘阿蛮不在家的时候，派人悄悄把活猫放进炉子里，准备将自己的情敌置于死地。村民们也知道这是头人家的阴谋诡计，但没法帮助阿蛮。证据确凿，有口难辩，阿蛮身上附着一个大石头，即将被沉江。

春月呼天号地，拼命阻止，村民死死拉住她。在这生与死的重要时刻，大批蒙古骑兵纵马扬鞭，风驰电掣般进入村子。领头的将领威风凛凛，人称白马将军。将军询问村民在干什么？保长如实禀报。

大将军得知阿蛮是个打刀和使刀的好手后极为高兴，马上命令说："缅甸蒲干屡次进犯我国，大汗下令全面征讨，目前正是用人之际，赶快放人！"说完对草菅人命的头人及其儿子下令各打五十大鞭。

炉火通红，许多阿昌刀匠汇集，打铁声比以往任何时候都响亮，为生产大批量军用战刀个个忙碌不堪。阿蛮的师傅曹洪山老爹也来了，他年岁已高，大家劝他回去休息。他说："守土卫疆，匹夫有责，我这把老骨头也要出一份力。"在一个屋子里，他拿出祖师爷的画像，正式把锻造阿昌刀的绝技传授给阿蛮，阿蛮成为"月亮刀"的第十二代继承人。为生产高质量的战刀，阿蛮对所有匠人做出统一规定，严格按照特殊的程序打制，应用高超的淬炼技术，全面完成了战刀打制任务。白马大将军在各村寨召集了千余人的青壮年，组成一支突击队，任命阿蛮为队长，全队使用阿昌铁匠生产的月亮刀，并被命名为"月亮刀突击队"。

突击队出手不凡，杀敌无数，所向披靡。在讨伐蒲干的战斗中，大批队员成为克敌制胜的忍者。但在一次阻击战中，两军形成拉锯式战斗，双方均有大量伤亡，我方处于弹尽粮绝的境地。春月组织了很多妇女给突击队送饭，支援前方将士。"阿昌人最勇敢，阿昌伙子是好汉；男人打仗，女人送饭；哟嘿，保家卫国齐上阵，弓弩刀枪打豺狼，打豺狼……"妇女们一路歌唱，长长的队伍行走在山间，饥饿不堪的突击队吃到了可口的菜饭。有个队员说："唉，人是吃饱了，可是弓箭还饿着肚子呢。"春月说："我有办法。"说完她叫妇女们撕下外衣，做成若干高包头，之后妇女们带上高包头隐藏在障碍物里，故意让包头露在外面，给敌人造成错觉，顿时，敌方万箭齐发，包头引来不计其数的箭支，解了燃眉之急。我方获得大量竹箭，再次发起冲锋，歼灭了敌人。

突击队配合大汗铁军横扫缅军，大获全胜，白马将军营地军旗猎猎，士气冲天。一士兵进帐禀报："启禀大首领，依照您的吩咐，我们进行了调查统计，使用阿昌族月亮刀的突击队屡建奇功，此役先后共斩敌万余，非同一般。"大将军立刻眉飞色舞："好，扬我军威，振我士气！准备砚墨纸笔！"白马将军挥笔书写"月亮刀魂"四个大字，以褒奖阿蛮及其全体队员，全军振臂狂呼。将军很希望带着阿蛮班师回朝，但阿蛮依恋家乡，决定解甲归田，与春月完婚。他向将军拱手说："在下有个请求。"将军说："但说无妨。""大首领救命之恩永世难忘，两年来深得您的器重，感恩不尽。如今末将想回村成婚，恳请大首领赏光，喝杯喜酒？"白马将军允诺。

按照族人习俗，阿蛮的媒人先送去各种礼物，米酒、猪肉、香烟、蜡烛和六枚鸡蛋等。女方长辈们准备仔细检查鸡蛋是否干净，如果鸡蛋有问题，说明途中碰到邪魔，此次娶亲无效，要重新选日子才行。有个长辈笑着说："不用看了，有大将军振威，邪魔哪敢来！"之后，阿蛮再次挑着一些礼物到春月家，打着雨伞走进院子，姑娘们向他泼水，宛如倾盆大雨，意为洗尘。为戏弄新郎，席间，

大家让阿蛮用两根"筷子"夹菜，所谓筷子，其实是两根篙竹，竹梢伸到二楼，一伙姑娘站在上面不停地拉动竹梢，阿蛮吃力地夹菜，总也夹不起，周围笑声不断。

鞭炮声响起，新娘娶回来了，但没有马上进家，新娘站在客厅外面接受一次洗礼，仪式神秘庄重。中年妇人点燃筛子里的蜡烛，抬起筛盘在新娘头上转悠，口中念念有词。族人崇拜火神，认为火具有巨大的威力，不但可以驱赶妖魔鬼怪，逢凶化吉，而且与人们的生产生活密切相关，因为有火，日子才会红红火火，繁荣昌盛。洗礼结束后，新郎牵着新娘进客厅，踩着砍刀、斧子走过去，围着火塘绕了几圈。其意是夫妇两人今后要勤劳致富，砍柴割草，开荒种地，过上幸福的生活，使家庭的火塘生生不息，日子越过越红火。一对新人在客厅里除祭拜天地祖宗外，接着祭拜老姑太。族人相传，老姑太是民间的谷神，也是主持讨亲嫁女的神婆，有许多传奇故事。据说，从前有一老寡妇，擅长农事，乡亲们在她的帮助下，家家户户五谷丰登，人们尊称她为"老姑太"。她死前对儿子说："我死后，每到八月十五，用我的拐棍捆上一棵新苞谷，靠在堂屋里，保管你们有吃有穿。"从此，阿昌人就世代供奉这位神奇的婆婆，相信只有在她的保佑下，村民才会五谷丰登，六畜兴旺，过上幸福的生活；只有在她的保佑下，未婚青年才会遇到自己的心上人，最后喜结良缘，终成眷属。

看到这些新鲜的婚俗，白马将军乐呵呵地说："阿昌婚礼极富特色而又耐人寻味，甚好甚好。此次征讨缅军，关键时刻，春月锦囊妙计，奇招解危，可谓巾帼不让须眉，建议今后阿昌女子成婚，以戴高包头为标志可否？"大家一致赞成。新郎新娘进入新房，中年妇女为新娘举行戴高包头仪式。从此，阿昌族女子成婚就有了戴高包头的习俗。

　　白马将军拔营回朝，族人相送。临行前将军一再嘱咐头人说："边地遥远，大汗威震四方，每一寸国土都不能受到侵犯，你要好好镇守边疆。阿蛮是个人才，要将其重用起来，继续为朝廷效力……"头人频频点头，表示一切听命。可是，官军才走了一个时辰，阿蛮就被头人的儿子抓进牢房，准备将其杀害。夜间，白马将军突然返回勐撒村，头人的儿子惊慌失措地说："不是开拔了吗，咋又回来了？"管家说："少爷，您被骗了，这是一个诡计……"管家话还没说完，官军就冲进头人家，白马将军怒不可遏："我早就料定你会这样做。天堂有路你不走，地狱无门你偏来。"说完挥刀斩杀了头人的儿子。

　　"请大将军饶命，都是犬子一人所为，老夫全然不知……"头人吓得面如土色，全身发抖。白马将军犹豫片刻，最终把长剑插入剑鞘。后经禀呈朝廷准奏，废黜头人的身份，立阿蛮为新任族人首领。并留下部分军队，统一使用清一色的月亮刀。

追逐太阳的民族

古老的民族，惊险的绝技，究竟隐藏着什么秘密？

刀山敢上，火海敢闯，这是人们用来比喻人世间英雄精神和状态的语句。而居住在云南高原边陲大地上的傈僳族却将这种大无畏的精神应用在杂技表演中，神秘、惊险，让人惊心动魄，体现了无畏艰险、临危不惧的民族性格。傈僳人家多居住在白云缭绕的大山深处，善使弓弩，历史上多以狩猎为生。女子服饰多彩艳丽，能歌善舞。

傈僳人从四季循环变化中，掌握了演变过程的本质是地球的运动，并将这种认识推广到对宇宙的认识，得出了星座每十二年变化一次、六十年为一甲子的认识。他们使用自然历，借助花开、鸟叫等把一年分成花开月、鸟叫月、烧山月、饥饿月、采集月、收获月、煮酒月、狩猎月、过年月和盖房月等10个季节月。传统节日主要有年节、阔时节、收获节、火把节、中秋节等。其中，阔时节最为盛大热闹。届时，各地选定场址，搭起

台棚，附近村寨的人们聚集在一起跳三弦、芦笙或"木瓜瓜切"舞，举行火枪、弩箭射击比赛及对歌等活动。而最精彩的节目当数"上刀山""下火海"绝技表演。表演之前，傈僳勇士们先供奉神灵，据说供奉的是明朝兵部尚书王骥。当年三征麓川结束，王骥回朝后被奸臣所害，而傈僳族的阔时节就是为了纪念王将军。"上刀山"项目中，好汉们一个个赤脚踏着锋利的刀口，爬上高得叫人望而生畏的72层刀梯，然后，又从容地脚踩锋利的刀刃，一阶阶次第而下，待平安落地时，他们一个个神情自若，皮肉无一损伤。"下火海"节目中，精壮的傈僳族汉子豪饮数杯酒后赤脚跃入灼热的炭火之中舞蹈。表演完毕，只见表演者无一人因高热而受伤，一个个安然无恙。

公元8世纪前，傈僳族居于四川雅砻江及金沙江两岸的广阔地区，公元8世纪后，部分傈僳族逐渐向云南西北迁徙，16世纪中叶开始进入怒江地区，17世纪至19世纪，一部分傈僳族从怒江又"沿着太阳落的地方迁徙"，越过高黎贡山，定居于德宏境内。傈僳族自称"傈僳""傈僳拾"。"傈僳"二字，系本民族自称词之语根，在本民族语中，本意难以准确解释；所谓"拾"者，傈僳语意为"人"；"傈僳拾"三字，直译之则为"傈僳人"。德宏境内傈僳族总人口33815人，主要集中在盈江苏典，其余各县市均有分布，呈大分散、小集中，大杂居、小聚居特点。根据傈僳族人口分布和聚居特色特点，全州设立了唯一的苏典傈僳族乡。关于本民族历时千年的迁徙之路，傈僳族人自己的说法是"朝着太阳落的方向迁移"。这不禁让人想起了逐日的夸父。夸父是中国神话史上的一个大英雄，

而傈僳人是现实世界的一个民族，两者却奇妙地有着相似之处：前者是一个逐日的英雄，后者是一个曾经追赶太阳的民族！

狩猎在傈僳族的生活中占有极其重要的地位。每年8月至12月，是成年男子出猎的季节，主要猎取对象有野猪、野牛、熊、山驴、麂子、岩羊、羚羊、獐子、狐狸、猴子等等。狩猎方法多种多样，有枪击、弩射、张网、置地弩、置陷阱、置扣子、涂粘胶等。这是一个善使弓弩的民族，一些弓弩高手技能高超，达到令人难以置信的地步。明景泰《云南图经志书》载："有名栗粟者……常带药箭弓弩，猎取禽兽。"《南诏野史》载："力些，即栗粟……尤善弩，每令其妇负小木盾前行，自后射之，中盾而不伤妇。"史籍中的精彩描写，说明傈僳人确实是个弩射技艺高超的民族。族人善于制作剧毒弩箭药，药树多种植在密林深处的悬崖边，人迹罕至。猎取大动物时，要在箭头涂上弩药，傈僳语叫"朵"。药效的强弱通过射杀兔子便可知道：中箭的兔子腾空一跃，落地便死即是特效，射虎亦然；如果小兔蹦几下才死，那说明药效不强，若遇到猛兽不能贸然使用，否则，受伤的猛兽会反扑猎人。

在历史的进程中，德宏的五个世居民族都形成了各自的语言。各民族的语言分属不同的语族、语支。有的民族在语言基础上发展成文字，有的民族由于种种原因还没有文字……而不论有无文字，每个民族的语言，在使用习惯上，都有自身的民族特性。傈僳族先后使用过三种文字：一种是20世纪初由西方传教士创制的拼音文字，用拉丁大写字母的颠倒正反形式表示声母和韵母；一种是维西县农民汪忍波文创造的音节文字，每个字代表一个音节，有1千多字；还有一种是新中国成立以后创制的拉丁字母形式的新文字。傈僳族民间文学丰富多彩，如《创世纪》《我们的祖先》等神话和传说，是研究傈僳族远古历史的宝贵资料，也是中国民间文学宝库中的珍品。傈僳族诗歌比较讲究韵律节奏和整齐对仗。在一些双关语的诗句中，常巧妙地包含着意境清新的隐喻，这是傈僳族诗歌最为突出的特点。傈僳族民歌朴素感人，曲调丰富。其民族的传统舞蹈多为集体舞，有模仿动物的，也有表现生产生活的。传统乐器有琵琶、口弦、四弦和芦笙等。居住在丛山峻岭中的傈僳人一年四季歌舞不断，白天干农活，晚上大家围着篝火翩翩起舞，他们称之为"打歌"。月亮张开笑脸，清风跟着吟唱，三弦发出优美动听的声音，多彩的服饰配上轻盈优雅的舞姿，在火光照射下显得格外精彩。远离闹市的欢歌笑语让人无比尽兴，有时候这种欢乐的场面通宵达旦。傈僳族舞蹈大致有三种类型：一是模仿动物行动的舞蹈，如鸟王舞、鸡吃食舞、猴抓虱舞，趣味幽默诙谐；二是生产生活舞，傈僳族人民将生活中的动作姿态，如收小米、狩猎、洗衣等赋予艺术的韵味，表演起来活泼多变，热情奔放；三是表现战斗的舞，这种舞蹈表现勇猛无畏的精神，体现了男子的阳刚之美。在圆圈舞蹈中，人们以各种模拟姿态细致地表现人们挖地、种玉米、锄草、收获归仓等内容。而且至今在舞蹈中还保留了一段模拟动物的"打猴子舞"，为舞蹈增添风趣。这个舞蹈没有任何的伴奏与伴唱，完全以舞者全脚掌踩地的声音为舞蹈节拍，形成了独特的风格。民间舞蹈纯属自娱自乐，听着傈僳三弦之音，看着傈僳轻盈的舞姿，思绪飘进空旷的历史。这个历史久远的民族度过荒凉的岁月，在强权政治的挤压中饱受战争的磨难，舞蹈遣散了郁闷，树立了信心，凝聚了力量，增强了毅力。

黑 山 魂

他的外号叫"麂子降"，麂子见到他就发呆！

　　夜晚的杨家场特别富有山村的味道，院子的瓜棚，堂屋的火塘和沸腾的土罐茶组成一幅朦胧的画面，对于长期居住城市的人，有一种久违的感觉。因为一个傈僳族传奇人物，我们特意来此采访，在村支书家做客。晚饭后，男主人说，到我岳父家去吧。我们正想问为什么，女主人刚好走进来收拾餐桌。男主人笑笑接着说，她才是传奇人物的后代，我是跟着沾光呢。此时我注意打量了一下年轻的女主人，她是个标致的乡村女性，好像就是书上经常描写的那种美丽：肤色红润，五官端庄俊俏，清丽的眉睫下面闪动着一双黝黑透明的大眼，其身材还有点纤柔。我怎么也没法将她和剽悍勇猛的猎人联系在一起。她叫余枝秀，人如其名，后世人的身上似乎已找不到祖先

的踪影。

回到娘家，余枝秀即刻成为我们采访的主要对象。她提着裙子从木梯爬上二楼，取出一把弓弩递给楼下的丈夫。弓弩特别庞大，重量在七斤以上，上面蒙着一层灰尘，说明很长时间没人使用了。灯光照耀，火塘增辉，映照着一种古老的文化。想不到余枝秀对弓弩充满了情感，一边用毛巾揩拭，一边讲述祖父的故事。那个身板硬朗、动作矫健，左肩挎弓弩、右肩挎长刀的传奇猎人从遥远的时光走来。

余思奇，1870 年出生在杨家场，卒于 1955 年，享年 85 岁。生前既是一个制弩高手，也是一个狩猎奇人。他有极其娴熟的制作技巧，弩身、弩板、箭槽、弩弦、弩芽和弩机配制精密度较高，弩弦韧度持久耐用，射击准确。余思奇与众不同，最明显的特点是臂力过人，能双手举起两百多斤重的大石头。眼前这把大弩就是他当年的专用武器，我抬起来使尽全身力气试着扳了一下，弩弦只移动了一厘米多，要扣在弩芽上简直遥不可及，在场的几个大汉谁也拉不动。余思奇给人印象最深的是弓弩发射速度快得出奇，一眨眼的工夫，射击对象能连中数箭。黑山离村子不远，古树和藤蔓罗织成了幽深广袤的神秘地带，到处是悬崖沟壑。在这个野兽的王国里，最大的灾星不是豹子老虎，而是余思奇，猎物对他而言似乎是信手拈来。俗话说"进山一场空，下河得一顿"，但余思奇进山从不会空手回家，大小猎物必有收获，仅麂子一类就射杀了一百多只。经常是麂子还在森林里跑着，麂子皮就预定给了皮货商——自己先收了定金，过后才上山打猎，把货物送去。村民给他起了个外号叫"黑山魂"，意为常年守着黑山、主宰着黑山，人与黑山融为一体，密不可分。余思奇常年穿梭在黑山里，终年赤脚，脚底板形成厚实的茧子，荆棘之地或是犬牙交错的石缝皆能行走如风。大山是他的领地，他是大山之魂，好像千古莽林是为他设置的。

"人怕出名猪怕壮"，土司忌妒他野味丰富，差人传话，命他按时上供，他置之不理。过了一段时间，衙役又来传话说，要抓他坐牢。于是，余思奇当着衙役的面把一个南瓜丢上自家的草房，南瓜落地的时候已经中了三箭，并说，谁敢来抓，我削一百支铁箭穿死他。此后，进贡一事不了了之。据说，当时余思奇就是使用这把大弩表演的。弩弦粗壮，拉力至少在二百斤左右，几秒钟之内连发三箭，足见其功力深厚。

四十岁那年，这个被称为"黑山魂"的猎人突然金盆洗手，发誓永不再打猎。原因是他在大山里遇到了一件奇事。那天他在树林里猎杀一群猴子，心想小动物不需用药，一箭穿破头颅即可。想不到距离太远，加之猴子奔跑速度极快，利箭击中母猴的大腿，母猴发出凄厉的惨叫，一瘸一拐地带着一群小猴子逃命。他正在极力追杀的时候，忽然发现一只小猴子跪在地上求饶，居然还反复摇手，示意他不要再追杀。数十年狩猎，射杀的野兽不计其数，从没遇到过这样的情况。余思奇顿生怜悯之心，犹豫再三才缓缓放下弓弩。那天他平生第一次空手回家。晚上噩梦叠加，千万只猴子围着他撕咬，他拔出长刀拼杀，可是无论如何也冲不出恐怖的猴阵，醒来的时候大汗淋漓。他独自思量，认为是上天暗示自己杀生过重，应悬崖勒马，否则必遭报应。清晨起床后余思奇就对天发誓：从此不再打猎为生；接着把自己的大弩封存在楼上。

讲完这些，余枝秀的手掌紧紧地攥着弩身，表情显得有些严肃。我们感觉后来一定发生了什么事。我笑着说，是不是自食其言了？她摇摇头说，也是也不是，但我祖父因为擅长狩猎而吃尽了苦头。

1942年，滇西沦陷，大山深处的杨家场突然来了一伙日本兵，他们给小孩子发糖果，感觉很善意。几天后日军派粮、派夫。开始村民还能承受，但毕竟是贫穷落后的山寨，时间一长就再也拿不出供给物资。也不知道是谁出的主意，日军竟然用刺刀逼着我祖父上山打猎，改善他们的生活。祖父被迫，只好打开尘封三十多年的大弩，走进茫茫的大黑山。他站在尖峰绝顶上，面对高空大喊，上天啊，请宽恕我，从今天起我要开杀戒了……

太阳落山之后，余思奇扛着一只野羊走进日军营地，然后就消失了。鬼子喜不自胜，整个营地沸腾起来了，野羊肉刚煮熟就狼吞虎咽地吃起来。结果当夜就毒死十多个鬼子，死者全身发黑，尸体扭曲，口吐白沫，死相极其可怕。野羊肉味道鲜美，营养丰富，咋会毒死人呢？原来食用被毒箭射死的动物有讲究，必须把伤口周围的肉取出来，单独用铜锅烹饪。铜锅具有化解弩箭药的作用，食用安全；如用铁锅煮，食者容易二次中毒。况且余思奇事先可能加大了剂量，即使按照民间的做法来操作，同样有生命危险。鬼子自然不会

知道这些，所以，必死无疑。

鬼子带着极大的恼怒把魔掌一次次伸进大黑山，扬言要活捉"黑山魂"。无奈黑山太大，是典型的丛山峻岭，鬼子在里面转悠，在悬崖沟壑中攀爬，不但累得七死八活，还时不时被地下设置的暗弩击中，毒箭见血封喉，无法开口，死相和食野羊肉中毒相同。为保命，鬼子只好及时砍掉受伤的部位，伤者发出豺狼般的嗥叫。"黑山魂"隐藏于黑山之中，如鱼得水，游刃有余，鬼子要找到他如大海捞针，最终只好放弃。日军占领滇西两年零八个月，余思奇始终没有出现，在山上坚持的时间与滇西抗战时间基本相同。作为猎人，他野外生存能力极强，但"黑山魂"离家时已经七十二岁，已是古稀之年，究竟怎样熬过来的，有点难以想象，到底吃了多少苦，只有他自己清楚。不过，有一点可以肯定，那就是每天在死亡线上挣扎，与两个阎王进行殊死搏斗——寒冷、饥饿、疾病紧追不舍，阴曹地府随时在召唤；鬼子的搜捕经常是出其不意，所到之处不会放过任何一个死角，发现可疑之处就翻个底朝天，穷凶极恶的活阎王随时会将他置之死地。滇西大反攻的炮声结束后"黑山魂"回来了，这个传奇猎人酷似远古的祖先：白发齐肩，银色的胡须笼罩着整个嘴巴，衣服早已破烂，变成无数细长的布条，同一种柔和的藤蔓植物交织在一起，上身是一件蓑衣形状，下身为"笼基"形状。人们以为他早已死了，想不到居然还活着回来了。当看到他的时候，家人号啕大哭，村民也为之流泪。

解放初期，边疆社会复杂，国民党残余势力内外勾结，破坏和平。"黑山魂"老当益壮，组织傈僳族青壮年弓弩防卫队，配合解放军维护治安，多次做出贡献，受到县人民政府的表彰，给"黑山魂"颁发了一支崭新的火枪。他将表彰视为自己一生的最高荣誉。

余枝秀讲完了，我们被一种精神感动着，大家都在为一个远去的传奇人物沉默。曾经是酷爱狩猎又主动放弃狩猎的人，那是精神上的升华。英雄的老人与活阎王和死阎王搏斗，活阎王是鬼子，死阎王是地府。必须有超强的意志才能跨越这个如履薄冰的生命线。

弓弩是傈僳族用来狩猎和抗击外侵的武器，富有时代的烙印。英雄的后人以另外一种方式继续传承。余枝秀是个外柔内刚的新女性，在全省农运会上曾获得弓弩比赛第一名，巾帼英雄胜过众多的须眉。早晨，阳光鲜丽，余枝秀给我们表演弓弩射击，弩身的一头顶在腹中，纤柔的手掌扣着弩弦拉动，似乎不费太多的气力。我有些奇怪，叫她把手掌伸过来，但见手心上有隐隐约约的茧子，印证了一段苦练的时光。

这个苗条俊俏的傈僳族女人身上流淌着"黑山魂"的血液，一脉相承的特质文化还在继续。

旅缅归来

悠闲中怀揣梦想，往生充满希冀……

一

少年时代的缅甸感觉邈远、朦胧而神奇。老想着长大后一定要到纵深地带去走走，破解心中的谜团，亲自去感受一下神秘的国度。直到今年芒市—曼德勒航线开通，才有机会踏上这片金色的土地。飞机降落在曼德勒机场，一个真实的缅甸出现在眼前。曼德勒地处缅甸中部，因靠近曼德勒山而得名，意为"多宝之城"。缅甸古都阿瓦皇宫就在这座城市，所以这里过去又叫瓦城。

　　走进这座城市，一种感觉撞击着我的心灵。城市舒展着宽广的胸怀，显得深沉而大气，从内容到形式流淌着自然的纯美。这种美丽是历史积淀下来的，不是现代人的伪装和造作。作为缅甸的故都，贡榜王朝的皇宫至今犹存，周围是碧波荡漾的护城河，人站在河边观赏璀璨的宫廷建筑，感觉很不一般。这个缅甸的"紫禁城"虽然不大，但它具有自己的风格。红色和黄色构成宫廷的主色调，结构简约，符合今人的审美观点。阳光下皇宫外貌光灿夺目，华美的建筑景观让人过目不忘。沉静的皇宫什物记忆着王室的喜怒哀乐。一张精美的经桌上镶嵌了七彩斑斓的珠宝，上面附着神奇的佛教图案，显示出皇权的尊贵和宗教的庄严。桌子的木材很特殊，分量很重，有点像紫檀木，但不确定，应该算是南亚艺术品的巅峰之作。曾经的京都，定格着风云变幻的政治景象，历史沧桑，岁月悠悠，古今多少兴亡事都消失了，把文化留给了后人，享受这些精神大餐应该是快乐的，幸福的。一种解释、一个传说，都渗透了一个国家和人民的思想特点，形象生动地表现出皇亲贵族的风格，让游客想到了什么，又想说点什么。而且文化没有国界，来自东西方的游客都会产生浓厚的兴趣，加以赞赏。所以说，历史是一个地方的底蕴，它能烘托出一个地方的大美。

　　古城曼德勒的原生态风光始终没有褪色，它感动着每一个游客。特别是登上曼德勒山顶，全城的景致让人心旷神怡。曼德勒山旧时被称为罗刹女山，是缅甸著名的佛教圣地，散发着浓浓的佛教味道。此山虽然不高，但站在1700多级石梯的山顶上，可以俯瞰曼德勒全城的壮丽景色。正午，绿色的温情接纳着火热的阳光，散发出夏日的温润。听说落日时分的余晖里，古城更是美不胜收，但我们没有机会看到。山下宽阔壮丽的伊洛瓦底江，古城尽收眼底，金子般的土地上，凤凰花绽放，佛塔林立，整个城市与森林同在，人与自然和谐相融。瞭望全城，我们可以展开想象的翅翼，迂回在历史的长廊中，触摸百年古都跳动的脉搏，阅读一座城市的昨天。慢慢体会一种思维定式，一种生活方式。

当今世界，自然资源遭到严重破坏，无节制的开发令人担忧，像曼德勒这样的景观已经不多了，显得弥足珍贵。有些东西，我们不能完全站在自己的文化背景下去思考问题，对一种文化，一种理念，有时候也要转换角度去思考。南传上座部佛教对缅甸人的影响是非常深刻的，在优越的自然环境下，顺其自然，知足常乐，千百年来对环境的破坏程度很小，所以原始的自然景观世代保存下来了。这让我想起一位苏联社会学家的观点，他认为，人类的发展到了一定程度就可以了，否则，大规模的开发将造成生存资源的严重危机。但是这种观点有立足之地，却没有步行的途径，因为世界充满了竞争，人们需要千方百计发展自己。

走进缅甸，就是走进佛教的国度。人们对佛祖极为虔诚，毕生乐善好施，一生中最大的布施就是自己出资修建一座佛塔。蒲甘王朝时代，政通人和，百姓富足，据说，那时候寡妇也能出资单独修建一座佛塔。在缅甸如果家庭贫穷，没有经济基础，也可以量力而行，经常做些小的善事。缅甸最小的善举是在佛寺里安放一个盛满凉水的土罐供游人饮用。了解了这些细节，我们就不难理解缅甸人的思想观念。在优雅、宁静的环境中与他们分享悠闲、安逸的幸福快乐。常年生活在喧嚣的都市，难得拥有这样纯天然的环境，不但人进入一种境界，而且感觉也进入一种境界，这才是最好的旅游、观光、休闲。

到了曼德勒有个地方必须去，因为那里摆放着世界上最大的书本。在一个遥远的年代，佛祖曾经指着曼德勒这片广袤的土地说：2400年后这里将出现一个繁华的大城。到了敏东王时代，这里果然历经了 30 年的辉煌。敏东王是缅甸历史上一个有建树的王子，他在兄弟加囊王的协助下实行了一系列改革，以巩固中央集权的封建统治。废除陈旧混乱的税制，学习西方技术，积极发展农业、工商业，经济社会走向繁荣。

为了振兴佛法，振奋民族精神，敏东王组织了 2400 名高僧将巴利文经典完整地刻写在 729 块石碑上。这是世界上最大、最重的书本。巴利语原来是古代印度社会中流行的一种语言，相传佛陀就是用这种语言说法传教。敏东王致力改革，得罪了朝廷顽固派，所以他的弟弟被杀害了。每当想起朝夕相处、并肩作战的兄弟离开了人世，心中无限悲伤，因此，他下决心将佛教经典全部刻写在石碑上，以一种特殊的方式寄托对亲人的哀思，旨在传播佛教思想，唤起更多的良知，希望人民和睦相处，以人为善。当初只有石碑，后来人们为了防止石碑风化，就在碑上修建了白色的小塔，成为一道别开生面的风景。阳光下，翠绿的树木映衬着成片的白塔，能感受到一种古老而温暖的虔诚。敏东王已离我们远去，但他的宫廷斗争、他的改革精神以及失去亲人的痛苦，就像阵阵微风，掠过游人的心海。

在这座耐人寻味的城市里，历史有过惊人的对接，2400 年前的预言，2400 年后的应验，给每个游客留下无限的想象空间。这是一个值得记忆的地方，所以我在曼德勒山的佛塔长廊上买了两件印有金塔的衬衫，以作纪念。

体会了曼德勒城，也就初步了解了缅甸文化。这次旅缅之旅，给我印象最深的是内涵丰富、色彩斑斓的缅甸文化，它吸纳了中国文化、印度文化、伊斯兰文化和西方文化，各种文化在这里发生了碰撞，与本土文化交汇相融，形成了现代的缅甸文化。真是海纳百川，殊途同归。豪华巴士车穿越城市和乡村，划过田野，处处感受到异国历史文化风貌迥异，特点鲜明。缅甸是一块文化共生地，表现出很大的包容性。与缅甸人接触，看到他们的饮食习惯、衣着特点及建筑风格等等就能明显感觉到他们对外来文化进行了吸收和消化，兼容并蓄，而又不失其民族性，所以才使缅甸文化不断丰富和发展。如缅甸餐饮包罗万象，五味俱全，尤其以掸族、缅族、中国和印度的影响最为显著。当地食物的精髓包括以咖喱烹调的鱼、肉和蔬菜以及葫芦汤等。餐厅里的缅甸大虾很有名气，用姜油、大蒜和咖喱粉烹调后，放上芫荽，吃起来鲜嫩可口。路过一家饭馆，"闻香下马"的招牌很醒目，一看便知道是华人在经营。我们闻香下车，品尝美酒，饱餐一顿云南家乡风味。

缅甸各地佛塔可谓星罗棋布，成为精神世界的标志。南传上座部佛教在缅甸人的心中深深扎下了根，渗透到生产、生活、文学、艺术、语言及风俗习惯等方方面面，一生一世以宗教活动为中心。这座城市的人们延续着千年的习惯，日出而作，日落而归。天气热烘烘的，但他们的心里是凉丝丝的，每天慢悠悠地做事。为人谦和的缅甸男子打着"笼基"，穿着拖鞋，闲庭信步于大街小巷，对自己的生活不慌不忙；也许在不久前他刚出手了一块上好的翡翠，有了一笔可观的收入。纯朴善良的缅甸少女，脸上总是挂着温存的笑容，在屋子里耐心地打理着家务，或是在铺子里出售着各种商品。善男信女每当进入佛堂的时候，虔诚的跪拜表达了自己的心愿，对未来充满无限的憧憬。这种状态与古城一脉相承。

在餐馆里我们每天都能吃上酥松香软的米饭，加上丰富的蔬菜和肉食，大家感到舒心满意。因此，不难想象这个国家的农耕文明。从曼德勒以下，整个缅甸南部都是一马平川的水田，亚热带和热带雨林气候笼罩着肥沃的土地，百里稻花芳香。著名的伊洛瓦底江三角洲，地势低平，河道成网，年产大米1130万吨，出口40万吨，出口量占世界大米出口量的1.5%。是世界上的几大粮仓之一。纵贯南北的伊洛瓦底江孕育了古老的水稻民族，我们能感受到他的纯朴和厚重。富庶的土地，终年水美草肥，养育了一方人民。在漫长的历史过程中，缅甸农民在农业生产中以农业和宗教活动为中心，形成了一种风俗文化。

二

离开曼德勒后，我们抵达缅甸最大的城市——仰光。

仰光原称大衮，只是一个很小的城镇，据说古代曾是孟族的渔村。到1755年缅甸大首领雍籍牙统一全缅，建立了贡榜王朝，他占领仰光后，在瑞大光宝塔（今缅甸大金塔）举手加额，长跪而拜，祈求兵燹消弭，国泰民安，后将大光改为仰光，有缅语"战争结束"之意。1855年，缅甸成为英国的属地，英国人把缅甸的首都从曼德勒移到了仰光，把它作为出口柚木等商品的港口。第二次世界大战期间，仰光被日军占领，1948年缅甸独立后定都仰光。

如今的仰光是一座充满浓郁东方民族色彩的现代化城市，街道多狭窄；现代化建筑与传统白尖顶、黑白油漆的木屋交错排列；佛塔、寺庙遍布全市；市区里鸟语花香，神鸟乌鸦在街上昂首阔步，有着吃不完的食物，车辆驶到身边也不飞走。住在市区宾馆里，早晨推开窗户，一股清新的气流扑面而来，都市的林子里传来悦耳动听的野鸽之声。同住一个房间的作家倪先生有些兴奋地说，已有很多年没有听到这种声音了，尤其是在市中心，感觉非常好。的确，鸽子声飘忽在苍翠欲滴的城区，让人享受到自然的亲切与灵动，产生一种安逸、回归的感觉。

仰光这座海滨城市，看起来很像一个巨大的公园，东面是勃固河，勃固王朝的首都就在那里；南面是仰光河，霞光辉映，海鸟飞翔，景色美不胜收；加上西面的莱河形成三面环水，中间镶嵌着绿色的城市。人在大街小巷里行走，轻松愉快地观光购物。早晨，新的一天开始了，僧人走出佛庙排成长队，身着红色袈裟，手持钵盂，飘逸在绿树成荫的大道上，他们赤脚行走，表示对佛祖的尊敬，并且边走边诵念佛经，身在凡尘，心入佛界。街面上有各种各样的铺面，昂山商场是最大的综合贸易市场，集珠宝首饰、日用品、服饰、生产工具、古董等为一体，商品五花八门，应有尽有。突然，许多游客围拢在一家铺子门口，我凑过去伸头一看，里面全是木雕。因为木雕形状千奇百怪，所以最夺人眼球；不但木材珍贵，而且风格和表现手法令人诧异。从严格意义上讲，许多东西超越了工艺品的范畴，可称之为艺术品。比如人物动作造型，用夸张的手法写实，机巧灵活，妙趣横生。多数人都因为自己的钟爱而购买了不同的精品。到了某处出售纸伞的地方，纸伞工艺与风格显示出朴素之美，很有诱惑力，拿着它会产生一种对往事的怀念之情，爱不释手了就买一把，颇有意思。

夜幕降临时，我们融入唐人街。唐人街以广东大道为中心，街道人头攒动，街道两边是水果摊、酒吧等，还有北京人近年开的水饺店和广东的烧腊铺。这个笼罩在神秘面纱之下的闹市，也许是全球最神秘的唐人街。这条广东大道是缅甸华人最集中的地方，从早上7点一直到午夜12点都是车水马龙，呈现出一片兴旺热闹的气氛，也显示出中华民族的勤奋与打拼精神。如今的唐人街比从前兴旺，据当地华人介绍，以前电力不足，被迫时常在夜晚点蜡烛，如今中国协助缅甸兴建发电厂，电力充足，夜间灯火辉煌。同时，旅游业的发展也为这座古老的城市注入了新的活力。近年来，中国与缅甸政府一直保持友好的邦交关系，华人在当地也受到礼待，没有从前那么辛苦了。自从1988年8月8日缅甸新政府执政后，市场上有许多中国的知名品牌，诸如"老北京""夜上海""广东小馆"等等，随处可见，中文招牌悬挂在高处，甚至连北京的百年老店"全聚德"也进驻唐人街，这在过去是不被允许的。虽说是唐人街，却几乎听不到华语交谈，即使是华人之间的交谈也是使用缅语。我不懂缅语，不会说英语，有许多好吃的东西都叫不上名称，但却津津有味地吃了很多水果，也买了几大包，不到半个小时花去三万多缅币。

看到人气十足的唐人街，自然就想起白天在仰光市区见到的欧式建筑群，有的是居住楼房，有的是办公大楼。那是英国人建盖的房屋，作为当时的殖民统治者早已人去楼空，看着风格别致的西洋房，想到100多年前英国人就跑到这里定居，享受生活，由此可见，缅甸是一个多么好玩的地方。如果不是美丽的鱼米之乡，侵略者何须刀兵相见，鹊巢鸠占。

来自内陆地区的游客，最向往浩瀚的海洋。缅甸西南部就是孟加拉湾，孟加拉湾的意思就是印度洋东北部海湾，是世界上最大的海湾。横断山余脉延伸到这里，与激情四射的大海亲密接触，形成了宽阔的海岸，海滩平整，海水漫漫，投资商在这里开发旅游，各项设施粗具规模，旅游度假村吸引着众多的游客，这个风光迷人的海滩，当地人叫"维桑"。人到维桑算是走进了开心的世界，要一杯冰啤酒，独自靠在躺椅上，让经久不息的海浪洗刷尘世的烦恼；阵阵椰风划过胸前，倍觉舒服惬意。

在大海深处耸立着一个绿色的小岛，古木苍翠，景色优美。边上的礁石峭拔嶙峋，无休止地与浪潮进行搏斗，海水撞在漆黑坚硬的礁石上，白色的浪花无比绚丽。奇怪的是岛边长久地坐着一个人在蔚蓝的大海边独钓。我们搞不懂是怎么回事，经反复询问才知道，那是一尊雕塑的美人鱼。西方美人鱼的故事听多了，东方美人鱼的传说知之甚少，我想那里一定有个迷人的故事。然而景区的服务员都讲英语，我这个"土老帽"听不懂，倍觉遗憾。维桑海滩像公路一样宽大漫长，当地人在这里进行有偿服务，游客交上 3000 缅币，可以驾驶摩托车沿着海岸长时间行驶，一边是沉静的大山，一边是波浪壮阔的大海，摩托车行驶在陆地与大海对接的地方，人、海、山三位一体，那种感觉很特别。到了夜间，海湾变得深沉莫测，朦胧中的涛声撼动四方，那种声音好像来自遥远的地心，是地球跳动的脉搏；这里又好像是宇宙的窗口，有些信息来自浩瀚渺远的天际，通过涛声传递给人类；海边听涛，再次领教大自然排山倒海的威力。汪洋大海本来是人类交往的障碍，但早在古代，人类的航海事业就开始进入高峰。当年郑和下西洋，27400 名船员扬帆远航，访问了 30 多个在西太平洋和印度洋的国家和地区，加深了中国同东南亚、东非的友好关系。其实，早在汉朝以前，勐卯（今瑞丽）的达光古渡就是"蜀身毒道"的中转站，常年舟楫如林，客商云集，一片繁荣的景象，因为从广州、四川和罗马出发的商队都会在达光歇脚休整，再选择伊洛瓦底江向前行进。通商线路不但跨越东南亚漫长的陆地，还穿越印度洋的马达班湾和马六甲海峡。涛声依旧，斗转星移，如今，印度洋的暖风鼓动着时代的商业大潮，形成以旅游、商贸为主的东南亚、南亚经济圈，各个国家互惠共赢，不断促进交流与合作。由此可见，加快建立瑞丽国家重点开发开放试验区的意义重大，具有广阔的前景。

　　维桑还是储存爱情的地方，两情相悦的良辰美景，远离你的社会圈子，情侣坐在海边不需要更多的对话，因为大海读懂了人的情感，奔腾激扬的浪花倾诉着热恋的衷肠。天黑以后，沙滩上的小动物四处跑动，团队里的一伙年轻人打着手电在沙滩上寻找螃蟹，不时发起阵阵惊叫声，充满了极大的乐趣。他们用木棍撬开地上的圆洞，里面有一个圆形的珠子，一动不动，就在你疏忽的一瞬间，珠子变成螃蟹，拔腿就跑，速度之快令人称奇，眨眼的工夫就消失在朦胧的夜色中。有人开玩笑说，维桑的螃蟹比兔子跑得还快。这种至纯至美的情趣，对情人来说会是终生难忘的美好时刻。

我们离开维桑很久以后，还会想起这个如诗如画的地方，那些难忘的细节变成美丽的彩云留在心间。

玉　归

玉归青春未归，童年的记忆成为永恒的伤痛。

　　记忆的深处总会翻卷着童年的印象，那时，奶奶那双古老的手腕上常年带着一只绿手镯，山村的夜间，火塘显得格外通红，手镯折射出耀眼的光泽，分外诱人。我多次问奶奶，那是什么东西做成的？奶奶说，是石头，一种绿色的石头。于是，我翻遍家乡的大沟小河，穿山越岭，衣服和手指被划破，没见到一块绿石头，只有绿青苔和绿水草。村里的喜良大叔笑着说，哦，小杂毛，那叫玉石，值钱得很，是你家的传家宝呢。喜良大叔身材矮小，外貌充满了贫穷和丑陋，雨季天披着蓑衣走在路上酷似一只老熊，我们一群孩子会躲在林子里向他扔石头。被袭击后他会变得很愤怒，转过身来慢腾腾地骂人。

　　不久，大人们越来越忙碌，白天翻弄僵硬的泥土，晚上集拢在煤油灯下无休止地争论，我扑在父亲的膝盖上睡觉，醒来时反复听到"地主""贫农"两个词，但不解详意。只知道谁被划为地主，就是倒了八辈子的霉。喜良大叔三代长工，属苦大仇深之人，被划为"雇农"，真是无比光荣。煤油灯光虽然暗淡，而喜良大叔的人生却充满了光明，在上级的帮助下很快夺得生产队长职位，开始变得耀武扬威，许多帅气而又聪明能干的男人被他指挥得东奔西跑。一个漆黑的夜晚，篝火通明，村子里召开了批判"地富分子"曹刚的大会。年轻人图热闹，"阶级仇恨"涌上心头，喊叫声几乎撕破黑夜。大会进入高潮时，喜良大叔义愤填膺，骂了声"小杂毛"便冲上台去狠狠地踢了曹刚一脚，想不到对方高大健壮，只微微晃了一下身子，佝偻形的喜良大叔就像皮球一样被弹了回来，撞在篱笆墙上，会场顿时一片哄笑……从此，乡人在背地里给他起了个绰号叫"登基"，其意没法详解，反正是天大的讽刺。说来也巧，冠名"登基"后，第二年他从村长荣升为大队支部书记，"登基"真的登基了，大家只好干瞪眼。

故乡虽然偏僻，可形势还是越来越逼人。我十岁那年，村里来了几个陌生人，空气突然变得很紧张，大人们的谈话显得非常神秘，奶奶和父母亲开始焦虑不堪，我幼小的心灵也有些忐忑不安。后来才知道，是"一打三反"运动开始了。父亲虽然是出身贫农，但农闲时喜欢做些小生意，被定为"投机倒把"分子。在一个阳光明媚的日子里，工作组和民兵把父亲带走了，据说参加了"学习班"，学员被困在一个院子里，半年过去不得回家。反复审问、恐吓，有的人被逼得走投无路，上吊身亡。忧虑的空气笼罩着我的家庭，奶奶更是急得团团转，成天跑到神树下烧香祈祷。眼前的揪心事让她想起不幸的往事，早年，她的大儿子被国民党反动派杀害，父亲是她的独苗。一个上了年纪的老人泪流满面地祈祷，那种心境肯定是痛苦得难以形容。

一天中午，登基大叔突然带着一伙民兵冲进我家，翻箱倒笼，搜出几本古书和三五枚旧币。我们全家都担心奶奶的玉镯保不住了。可是，忽然发现她手上的玉镯不见了，登基大叔恶狠狠地问她，玉镯哪里去了？奶奶歉意地笑着说，大侄子，上个月拿去城里卖了买粮食吃了。接着又说了许多好听话，登基大叔没有再发作，只好作罢。抄家的人走后，我们才知道，奶奶把手镯藏在猪食桶里了。此后，奶奶的神情变得有些异样，也很少说话，只见她经常到村头路口长久地坐着，好像在等什么人。冰凉的山风在不停地吹拂，血色的艳阳没有一点温暖，没有理性的大自然无法解读老人的心境。大概半个月后的一天，奶奶突然像换了一个人似的，她乐滋滋地走进家对我说，神灵保佑，终于遇到贵人了，你爸爸没事了，过几天就回家……啊？我莫明其妙，觉得她好像遇到了救世主。奶奶说完后又走过一边去咬着母亲的耳朵嘀咕了大半天。我隐隐约约听出个大意。原来，奶奶在村头路口见到登基大叔了，她把玉镯悄悄地送给了他，并满口答应为他说媒，娶阿翠姐做媳妇。见母亲惊讶，奶奶还安慰说，玉保平安，人最重要。听后我感到很气愤，那么好的手镯居然拿去送人，还要把漂亮的阿翠姐嫁给他做媳妇，这不亏大了。于是，我好多天不和奶奶说话。

半个月后，父亲果然回来了，他虽然变得瘦骨嶙峋，身躯孱弱，但还是面带笑容，内心里掩盖着许多委屈和痛苦。奶奶拉着父亲的手大哭了一场，全家人也满脸泪水。那种幸福的感觉真是遍布全身，沁入骨髓，至今难忘。之后，奶奶总是隔三岔五地往阿翠姐家跑，大概是迫于登基大叔的淫威，富农出身的阿翠姐态度一直是模模糊糊，没说不同意，也没说同意。不久，城里来的工作队长出面了，严厉批评阿翠姐不热爱贫下中农。一贯少言寡语的阿翠姐难以招架，半年后终于出嫁了，显得很无奈。她母亲伤心至极，凄厉的哭声让我们小孩子也掉泪，喜事像丧事，没有丝毫快乐的氛围。我心里很不服气，觉得奶奶太狠。一天，我大声嚷嚷着要把玉镯要回来，奶奶忽然显得惊慌失措，马上用手捂住我的嘴巴骂道：呀，这个小混账，不准乱说，要不，打烂你的嘴！后来，我到县城念中学去了，渐渐懂得一些事理，觉得那是大人的秘密，小孩不该多问，所以，家里的事也就没再多想。

农村家境困难，缺医少药，奶奶的胃溃疡反复发作，那年秋天已病得很重。我从城里赶回去，见奶奶仅有一丝微弱的气息，伤心得号啕大哭，全身的神经浸透了生死离别的感觉。奶奶拉着我的手有气无力地说，乖孙子，交代你一件事……奶奶对不起你们，把传家宝送人了，长大后你一定要把玉镯赎回来。想不到奶奶临终前还提起这件事，我感到有些意外。奶奶说完后眼神一直凝集在我的身上，直到我点点头，她才平静地合上了双眼……

原想，玉镯之事会被艰辛的岁月埋得很深，渐渐让人遗忘。然而，奶奶的遗嘱，又使其变得非常明朗，而且成为一件沉重的心事，一直搁在心上好多年。学生时代，每每回家，记忆的海洋更是漂泊着郁闷的往事，回想着焦虑而恐慌的童年。故乡的景色总是那么美丽，深秋的红叶分外耀眼，装点着宁静的山水；仲春的山花异常绚丽，让大山深处充满激情。然而，美丽的风景无法进入村民的精神世界，与生活无关。在我的印象里，从奶奶到父母亲都是劳累一生，贫穷一生。除那只手镯外，家里再没有什么值钱的东西。

"文革"结束后，登基大叔灰溜溜地回到村里，除用锄头挖地外他什么也不会，在生产责任制的大潮中他变得鸦雀无声，渐渐沦为贫困户，乡人开始当面喊他"登基"。小孩子们又在背后戏弄他，他依然在重复着"小杂毛"的口头禅。家人反复向登基大叔寻问过玉镯之事，他说当年交公了。刚参加工作时我又多方打听玉镯的下落，但毫无音讯，也采用过多种寻找的途径，同样没有一点结果。这家里唯一的祖传之物如同漂失的浮云，消失得无踪无影。日子一天天过去，一晃眼二十几年了，流失的光阴渐渐带走内心深处的怨恨和忧伤，增长的岁月不断拓展着一个人的思想境界。因为执着，所以烦恼，我不想无休止地追寻。人与美玉因缘而定，缘聚缘散，一切随缘。

　　三年前，组织上安排我到家乡那个乡镇工作，整天忙忙碌碌，没有正点回家的时候。一天夜里，我很晚才到家，发现屋里坐着个老妇人，衣裳破旧，面容干枯，形似黄土地上的黑树桩，没有半点生气。我打量了大半天才认出是阿翠姐，我内心深处顿时浸透了人生的苦味。阿翠姐早年的青春美丽已荡然无存，只是那双黑乎乎的眼神还在传递着人世间的善意。只见她满怀歉意地说了许多过去的事，要我宽容早已变成姐夫的登基大叔，并从怀里掏出个红布包递给我，我打开一看几乎傻眼了，这不是我家阔别多年的玉镯吗！我沉默了片刻，心想这玉镯咋会突然回归了呢？实在太意外了……这时，只听见阿翠姐叹了口气说，我前几年才知道，你姐夫那个死鬼拿着你家的玉镯。这东西太金贵了，我一直紧紧地藏着，不让他知道。一次，他把家里翻了个底朝天也没找到，他以为丢失了。今天亲自归还给你我就放心了。我抚摸着失而复得的珍贵之物，想起远去的岁月，顿时感觉心里有许多话要说，毕竟许多事给老一辈人造成过太多的伤害，给我们留下深沉的记忆。但是，没必要了，因为我已理解了那个时代的人和事。我知道，玉镯的回归，完全归功于善良的阿翠姐，虽然阿翠姐的一生定格在登基大叔的身上，家境一贫如洗，而天平的砝码还是没有偏离人生的基点，这就是一个农家妇女的本分。

有人说，海豚救人是一种本能的反映，并非善举，我讨厌这种市侩的解释。遥远的农家人始终保持着中华民族的道德之根，许多时候，不需要思考就会选择善意。惊喜之余我一时找不到很好的方法答谢阿翠姐，只是一个劲地表示感谢。

乡村的夜晚微风带着山野的清新轻轻吹拂，往事潮水般地翻腾，人的无奈是痛苦的，疯狂的结果也是痛苦，最心酸的是没有尽头的无奈，最珍贵的是困境中的美德。重新拥有玉镯，安宁中理解也在升华。夜深人静，灯光下翠绿的玉镯依然闪烁着特有的祥光瑞气，这天地之精华，永不藏污纳垢，虽受到世人的摆弄，却能超越红尘世俗，让人的心灵受到净化。玉镯归来，告慰了奶奶的在天之灵，也给我们全家带来长时间的喜悦。但是，玉镯虽然回归了，阿翠姐的青春年华一去不复返，当年奶奶病急乱投医，把一个年轻美貌的女子的命运定格在黯淡无光的生命线上，作为后人，我们真是无法弥补，成为一种永恒的伤痛。

一代红袖忠勇

大国边关出英雄，而女中豪杰并不多见。

明朝末年，一支军队行进在滇西边界的丛山峻岭中。山道弯弯，坎坷不平，夏日的气候多变，风雨和阳光交替出现。军情紧急，将士冒雨前行，阵阵马蹄声滑落在密林深处。除几个女侍卫之外，士兵是清一色的男人，个个英武剽悍，而领头的却是一位女将，头裹红绸帕，身穿黑色披风，战刀斜挎，手握缰绳，尽管大雨滂沱，也难以掩饰马背上的飒爽英姿。她就是后来尹帕寺供奉着的巾帼英雄，一个世人顶礼膜拜的女神。

抵达江东尹帕寺之时正当中午，雨后的山峦清丽明快，连日漫无边际的大雨洗去的不仅是千峰万壑的污垢，也荡涤了心灵的尘埃。我们带着内心的虔诚和敬仰，漫步在庙宇里。当看到女神的塑像时，感觉这位历史上的女中豪杰既神秘又真实。匠人的写实手法表现出较高的艺术造诣，雕塑形象逼真，动感十足，柔性中透出一种刚毅果断的神态。寺庙管理人员老宴是个60开外的老人，个头不高，模样很精明，对寺庙的历史了解较多。我们边走边看，他在一旁不停地介绍。在来之前，我对尹帕寺的起源就有所耳闻，只是知之甚少。听完他的讲解，基本弄清寺院的来龙去脉。尹帕寺有单独的含义，尹为姓氏，帕是尹家大女儿之意，女神名叫尹秀珍。正厅里除女神外，还塑有观世音菩萨和财神。外厅伫立着8位战神，8匹战马，大有整装待命的气势。寺院周围全是庄户人家，一个千余户的大村落，名叫河头村。悠然的炊烟随风散去，不时传来农人的吆喝声。大山腹地的乡间情调陪衬着古庙走过500多年的历史。

当年的尹秀珍奉朝廷之命率部到边陲讨伐缅甸入侵之敌，两军在中缅边界一带交锋，女将军武艺高强，智勇双全，一马当先，带领全军击杀来犯之敌，黑色的披风在身后激烈地抖动，利剑寒光四射，金属的碰撞声和战马的嘶鸣声此起彼伏，汇集成一首撼动山河的交响曲。缅军发现对手是个女的心里极不服气，一个貌美如仙的年轻女子咋会如此矫健神勇，难道粗犷彪悍的缅族男子军还会败在她手下？于是发起更加猛烈的反击，企图扭转败局。然而，不论怎么下狠劲，都难以招架，最终抵挡不住，只好节节败退，草丛间、林子中丢下许多尸首。战至芒市一带，敌人被打得溃不成军，四处逃窜，尹秀珍部获得胜利。

由于连日作战，将士疲惫，加之当地气候炎热，明军水土不服，疟疾侵袭，人马染病，战斗力日渐减弱。在部队休整的时候，被敌方探知。敌军乘虚而入，卷土重来。尹秀珍带领士兵且战且退，进入芒市坝东部江东山密林。因敌众我寡，没有后援，部队陷入孤军作战的状态，最终弹尽粮绝，尹秀珍及其部下全部壮烈殉国。在多次近距离厮杀中，尹秀珍临危不惧，誓死拼搏，一次次利剑出鞘，砍下缅军的头颅。据《龙陵县志》记载：尹秀珍牺牲的时候立于一棵大红木树下，手握宝剑，虽身中数箭，但巍然屹立，死而不倒，显示出巾帼女杰气壮山河的英雄气概。20世纪50年代，古战场上还遗留一副马鞍，60年代被山火烧毁后，当年的洗马井和防御工事依稀可见。

人们对这位卫国征战、宁死不屈的女将十分怀念和敬佩，经常到战地献花，摆放祭品，并把尹秀珍牺牲的地方称为"供花处"。后来，村民请剑川师傅在河头村山顶上建起寺院，将英灵魂位接进院里供奉，以示永久的纪念。尹帕寺坐落在芒市西部 2000 多米的高山之巅，距芒市 45 公里。初步推断，建于公元 1448 年，"文革"期间被毁。1986 年重建，占地 3 亩，房屋为砖混结构，虽不高大，但用料扎实，上下两厅紧凑完整，院子宽敞通透。原有一块石碑，刻录着寺院的历史，后来石碑遗失了，估计是二次建院时被泥土淹没。尹帕寺终年香火旺盛，尤其是每年农历正月十五至十七日三天庙会，香客云集，达一万多人。

由于年代久远，加之缺乏纸质记载，与尹帕寺有关的史料极少，数百年来当地百姓在口口传承，塑造着心中的女英雄。笔者根据明史记载和民间流传做了一些初步考证。1553 年，缅王莽应龙起兵上缅甸。1555 年，攻占阿瓦，灭阿瓦王朝，接着继续北进，给中国云南边境造成了威胁。缅甸东吁王朝的军队入侵我国云南边境，引起一场持续了数十年的战争。这场旷日持久的局部战争对双方的历史发展都有一定的影响，尹帕寺的故事大约就发生在这一时段。一段金戈铁马的岁月，有过太多的故事，那些悲壮、神奇的往事在史书里找不到，却一直传承在当地人的口碑里，如同遥远的苍穹，一颗星星闪烁于太空，更闪烁于世人的心海中。尹帕寺的起源与当时的时代背景非常吻合，况且有实物为证，系真人真事。千百年来，人与自然、人与神之间弥漫着无数虚幻的因由，后人从纪念到敬畏，英雄完成了从人到神的升华，没有丝毫的牵强附会。随着时光的流失，敬佩往往会渐渐淡去，甚至彻底忘却——尽管诸多英雄事迹名垂青史，黎民百姓还是会常常记不住。只有"敬佩"演化为"敬仰"的时候，英雄才会永远活在世人心中。这大概是每个民族普遍存在的一种文化现象。

　　尹帕寺堪称巾帼神庙，香烟流年，轻轻讲述着热带丛林中急行军的女中英豪，讲述着驰骋南国疆场的一代红袖忠勇。

"易水之别"忘生死

云山峡谷铸忠魂，华夏娇子名垂青史。

　　南洋华侨机工回国抗战，是赤子爱国情怀的壮举，也是一代人的历史使命，他们听从祖国母亲的召唤，远渡重洋，挑起运输的重担，冲破千难万险，行进在云岭高原的"生死线"上，多少人血洒滇西。当年荆轲与太子丹等人在易水告别，舍身救燕国，置生死于度外，其英雄气概赢得世人的称赞。两千多年后的一个特殊时段，中华民族处于生死存亡的重要时刻，一群青年华侨挺身而出，舍生忘死，勇赴国难，其壮举更是让天地动容，江河激荡，华人振奋。这一群千里赴国难的热血青年，后人称之为"南洋华侨机工"，即既能驾驶车辆又能修理车辆的技术工人。他们怀着国家第一、民族至上的信念，明知战争残酷，此去生死未卜，却依然义无反顾，虽不是军人，却有着"不破楼兰誓不还"的英雄壮志，许多人与父母告别后，就再也没有回来；许多人与妻子吻别，吻别成为永别。多少传奇故事、多少悲壮的往事发生在南洋华侨机工的身上，一段历史造就一代人，一代人谱写一段历史；前人创造历史，后代评价历史。南洋华侨机工回国抗日的伟大壮举是一个划时代的"易水之别"，当之无愧是中华民族抗战史上的光辉一页！

　　祖国母亲神圣不可侵犯。华夏儿女尽管走到天涯海角依然牵挂着自己的国家，这是一种深入肌肤，融入血液，永不消退的民族情结。当自己的国家遭受灾难，中华民族处于前所未有的危急时刻，那些身在异国他乡的赤子从千里之外赶来，壮志豪情，勇赴国难。20 世纪 30 年代末，许多中国人连汽车都没见过，滇缅公路通车后驾驶和修理人员紧缺，需要一大批精明强干的技术人员来完成这一艰巨的任务。当时前方吃紧，战火纷飞。1938 年 10 月，武汉、广州相继沦陷，东南沿海的交通口岸都被日军占领，滇越铁路也被切断。我方军用物资消耗极大，急需补充，2.5 万吨军需品囤积在缅甸，各国援华和海外华侨支援的物资也无法到达国内，刚修通的滇缅公路成为中国抗战的"生命线"和"输血管"，能否及时把握这最后的机会，是长期坚持抗战的关键。在祖国最需要的时刻，3200 名南洋华侨机工从海外赶来了，一个个热血沸腾，技术过硬，修理、驾驶，全身心投入工作，日日夜夜奔驰在蜿蜒曲折的滇缅公路上。

这些青年来自新加坡、马来西亚、菲律宾、缅甸和泰国。1939年，在南洋华侨筹赈祖国难民总会主席陈嘉庚先生的号召下，侨居海外的炎黄子孙积极响应，纷纷回国报名参加打击日寇，掀起了轰轰烈烈的抗日救亡运动；3200 多名热血沸腾的南洋华侨机工，满怀"国家兴亡、匹夫有责"的高度民族责任感，远涉重洋，回到祖国，组成"南洋华侨机工队"，投身于神圣的抗日救国服务工作。他们当中的很多人家庭富裕，生活殷实，为国家、为民族抛家舍业，离开年迈的父母，告别心爱的妻子，踏上征程，走进战火纷飞的滇西大地。新加坡有位从事机修 20 多年的师傅，每月薪水 200 多元，生活优裕、技术娴熟，他听到南侨总会的号召后，毅然报名，并拉了七八个青年徒弟自备修理工具回国服务。21 岁的泰国华侨机工蔡汉良，既是司机又懂修理，他料定家里不会同意，便背着家里人跑到几十里外的筹赈会去报名，报名时却遇见叔叔的好友侨商王联辉，王规劝他不要回国，并提出留下来与其女成婚，或独立开店收购橡胶，或提供汽车给他去经营客运，条件十分优厚，但这些好条件都拴不住蔡汉良的一颗爱国之心。更为难得的是，在南洋华侨机工中，有4位女华侨青年整装随行，她们的芳名是白雪娇、陈娇珍、朱雪珍和李淑美。当中的白雪娇还是瞒着父母离家归国的，她在临行前给父母留下了一封动情的告别书：家是我所恋的，但破碎的祖国，更是我怀念热爱的。"这次去，纯为效劳祖国而去的……我希望我能在救亡的洪流中，竭我一滴之微力……"还有新婚不久的贺玉兰女士，毅然与丈夫双双回国，丈夫战斗在滇缅路上，贺玉兰则参加东江华侨回乡服务团，奔赴广东东江抗日前线。总之，当时发生过许许多多感人的故事，举不胜举。

南洋华侨机工在组织上不仅有领导、有编制、有纪律，而且人人都有"铺保"（有在侨居地所在单位侨团或商号担保），还都接受了两个月严格的"军事训练"。"军训"完毕后，由西南运输公司分配，南侨机工先编为第11、12、13、14四个大队，稍后又组建了"华侨先锋"运输第1、第2两个大队，其余的机工则被混编于第1、3、5、9、15这五个大队中。机修人员除一小部分被编入上述各大队随队服务外，大部分被分配到芒市、下关、保山、昆明、贵阳和重庆等地的汽车大修厂当修理工。在车队中，则严格按"三三制"编队：五至七辆车为一班，一车一司机，班长无车，掌握全班车辆运行，并随时顶替病事假者，三个班为一分队；三个分队为一中队；四个中队为一大队。每个大队有汽车180辆到192辆，总人数在200人以上。穿越横断山脉、怒山、高黎贡山，横跨怒江、澜沧江、漾濞江，山高水湍，坡陡路弯，无论晴天还是雨天都十分难行。晴天，车轮过处尘土滚滚如长龙；雨天则泥水四溅处处有险情，陷轮打滑是常事，重则泥土剧崩塌方，车毁人亡。肩负运输重任的南侨机工风雨无阻，日夜兼程。有史料记载：1939年9月，在云南芒市、遮放一带阴雨绵绵，路面又烂又滑，第13大队37中队的17辆卡车全部陷在离芒市8公里的泥坑中。所带食物全部吃光了，而援救的车子又进不来，断了补给。从第6天开始有一半人因极度疲劳和饥饿而病倒了，能动弹的人只好上山挖竹笋烧煮，给倒下的战友充饥。他们被困在这杳无人烟的荒山野岭中，死神疯狂地吞噬着这些孤单无援的海外赤子。天气一直到了第8天才转晴，一群路过这里的傣族小孩看到了这悲惨的景象，赶快回去报信，当地的傣族同胞送来食物、草药和铺路工具，华侨机工们才脱了险。而后，重病伤员留下，其他人继续前行。抗日救国使南洋华侨机工和当地各族同胞结下了深厚情谊，在后来滇缅路被切断，南侨机工被遣散再陷困境时，有的就在当地安家落户，成了当地民族的一员。

在滇缅路上行车，必须闯过四道"鬼门关"：一是瘴疟关，各种传播疟疾的疟蚊异常猖獗，各类毒虫、猛兽随时来袭；二是雨水泥泞关，雨季到来，无常的天气，暴雨骤至，山陡路滑；三是险路、险情关，公路既要穿越重峦叠嶂，又要渡涧越溪，还要下河谷爬大坡，上有欲坠巨石，下有万丈深渊；四是日机轰炸关，日本侵略者妄图堵死这条中国对外交通"大动脉"，对滇缅路狂轰滥炸，有数百名骁勇的华侨机工被日机炸死，连尸体都找不回来。南侨机工就在这四道"鬼门关"中出生入死地战斗着，他们不怕牺牲，为了报国在所不辞、死而无怨。数年间，就有千余名华侨机工在这重重"鬼门关"中献出了自己宝贵的生命——在执行任务中，有一千多人因战火、车祸和疠疫为国捐躯。南洋华侨机工加入运输队伍以后，从1939年9月至1940年6月，每月通过滇缅路运入中国的军用物资等达1万吨。仅在1941年一年中，运回国内的机枪、炮弹、汽车、汽油、药品等重要战略物资就达132193吨；而在南洋华侨机工投入运输前的1939

年 1 月至 5 月，每月运输量仅有 1000 吨，两者相差 10 倍。据统计，经南洋华侨机工运回国的军用物资总共达 45 万吨之多，有力地支持了中国抗战。他们以自己的生命、鲜血和汗水，在华侨爱国史上谱写可歌可泣的壮丽篇章，也在中国人民抗日战争史和世界人民反法西斯战争史上建立了不可磨灭的功勋。有诗赞云："机工技术，驾轻就熟；机工勤劬，风尘仆仆。机工任务，滇缅往返，不畏天险，褒斜绀谷。祸生陡变，寒身丧谷，为国牺牲，谁不敬服。自来殉国，必有记录，勒诸丰碑，良志芳躅。"

日军入侵滇西后，滇缅公路的咽喉——惠通桥被炸毁，公路被切断，南洋华侨机工们陷入了悲绝人寰的困境。国民政府对他们采取了冷酷无情的"遣散处理"：3200 多名南洋华侨机工中除战死、病故、失踪者 1000 余人外，其余的人部分被派到印度去参加盟军军需运送；小部分参加军事情报工作；两三百人被分配到贵州、广西、四川等省去工作；四五百人自谋出路远走他乡；三四百人滞留在昆明，

生活无着落；剩下的则分散在滇缅公路沿线的城镇村落，许多人饿死、冻死，沦为乞丐。抗日战争胜利后，经多方努力，才促使国民政府将1000多名南洋华侨机工送返南洋，与家人团聚；另有近1000人留居国内。至此，南洋华侨机工回国抗战的壮举才算画上句号。

　　南洋华侨机工抗战回国服务团是血写的历史，艰苦卓绝，险象环生，走过千难万险，救国救民，功不可没。3200名南洋华侨机工不论是牺牲的还是活下来的，历史将会永远记住这些英雄儿女。当战火消退80余年后的今天，健在的南洋华侨机工已经屈指可数，英雄暮年，回首往事，激动不已而又感慨万千，一幕幕触目惊心、悲楚心酸的历史镜头浮现在脑海里：日军轰炸，车毁人亡，生命熄灭在瞬间；山高路险，交通事故，人车坠入悬崖；途中被困，饥寒交迫，无援无助；缺医少药，水土不服，身染疟疾，死神威胁着年轻的生命；政府冷漠，流落四散，穷愁潦倒。但不论救国之路何等坎坷，历经千难万险，他们始终至死不渝，赤城之心天地可鉴；不论处于何种境地，他们坚信爱国无错，抗战必胜，寒冷的冬天孕育着温暖的春天。一群壮怀激烈，忠贞无比的祖国娇子，云山峡谷铸忠魂，饱蘸青春的热血，书写了"爱国"二字。

神　树

　　女儿因为无奈走出了勐广山，后来母亲的思想也走出了勐广山。

　　长满荒草的大山看上去没有任何痕迹，其实一股小路隐藏在山脊中，一头系着神树，一头系着古老的德昂山寨。年过半百的阿目莫大娘背着供品不停地向山坡的高处挪动脚步，竹篮背带紧紧地勒在头顶上，弯曲的身子与陡坡形成一个斜角，显示出无限的虔诚。这段时间，焦虑让她心神不宁，她早就想对神树说说心里话，只有神树最了解她，能实现她的愿望。

　　大红木神树并不高，却十分粗壮，周身黑乎乎的，七弯八拐处隆起几个大凸包，威严沉静，似乎凝聚着无穷的力量。她清楚地记得神树给她创造过欢快的梦境，带来过幸福的时刻。从她记事起家乡的勐广山就很宽，爬不完的高山，走不完的洼子，这早已成了一个定格，就像一个固定的圆圈，圈着流失的光阴和现实的岁月。因此，山外的世界总是那么遥远，也很懵懂。仓促进入城市的大街显得既陌生又吃力，不像圈内的大世界，来得实在，过得自如。这种意念早已幻化成身上五颜六色的腰箍，让她和她的乡人感到充实和满意。

　　阿目莫大娘欣喜地凝视着大树，欣慰感像一股暗流涌遍全身，口中的槟榔开始变得有些甜蜜。记得那些年，神树曾一度被冷落，成了大家敬而远之的东西。村民都是公社社员，喊着火红的口号将神树周围变成一片红土，红米面团还是填不饱肚子。有一天，小阿目莫将自己舍不得吃的一粒糖果放在神树下，祈祷自家有多多的粮食，不会饿肚子。晚上她梦见大红木树满枝鲜花，光灿耀眼。不几天，她果然在一个山顶上发现一棵很大的酸枇杷，树身硕果累累。父母亲极为高兴，一再表扬女儿聪明能干，运气好。母亲取出一小袋藏放着的白面混同酸枇杷做成饭团吃了好多天。这件事让阿目莫兴奋了很长时间，数年后每每想起还乐滋滋的。

一眨眼的工夫，阿目莫老了，生活粗糙得像张砂纸一样，磨掉了她的青春岁月，膝下有了女儿阿依和儿子阿溜。当年漂亮的影子曾经是一首直白的赞美诗，她是标题，诗句来自于乡人和山外的客人。在民族文化的热流中，镜头一次次对着身穿民族盛装的阿目莫，她的心和面容一样灿烂，显得非常真实。摄影是最快乐的事，所以她认真对待，并想着、记着，备有一套装饰齐全、艳丽多彩的服装。印象里，山外来的女客人都像画贴上的美女，白嫩的脚掌套着晶亮的鞋子，总是小心地踩在脏兮兮的路上，身上披着一天一地的阳光。每当这时候，一种朦胧的希望总是油然而生，她心里在想，自己的女儿长大后会不会也像她们一样幸福。于是她有了一种遥远的追求，依然坚强地顶着贫穷和劳累。

阳光送走一个又一个费力的日子。小学毕业那天，阿依可怜巴巴地望着母亲说："妈，我还能读中学吗？""你放心，一定要读。"阿目莫看着墙角的背篓，坚定地回答女儿。是的，那只磨得光滑的背篓充满了力量，读书的希望来自于宽广的勐广山。在潮湿的森林里穿行，获取山货有过无数次欣慰。她相信就是大山也可以背走。

但是，读高一的时候，阿依突然辍学到县城打工去了，母亲满身疑惑，不知道为什么会这样。三个月后她收到一封皱巴巴的信，女儿只说还在找工作。从此，她的焦虑和惦记到处飘飞，有时像是挂在星星和月亮上。她想象不出女儿在哪里，在做什么，只一股劲地责骂女儿不争气。不读书了，就回来做个勐广山的女人吧，为什么要乱跑？但孩子毕竟是娘的心头肉，今天供奉神树就是祈求女儿平安，希望她早日回来，回到这个熟悉的圆圈内。

这次神树并不灵验。女儿一去不归，对母亲打击很大。阿目莫大娘经常一个人坐着发呆，谁也不知道她在想些什么。没事的时候总是到山坡上漫无目的地走动，那股通往县城的小路一次次映入她的眼帘。然而，在血色的阳光里，满山都是枯黄的败马草，望草叹气，这草好像是长在她的心上。对女儿长时间思念，内心空荡荡的，她说不出，其实这就是茫然和淡淡的悲伤，过去从没有过的。那天，摄像的客人们又进村了，可阿目莫大娘没一点好心情，精神呆滞，笑得很勉强。遥远的希望破灭了，她甚至憎恨那漂亮的水晶鞋。

苦莲子树结了四次果的时候，寨子里来了一位窈窕淑女，身上披着远方的雨露阳光，男女老少都投来惊奇而陌生的眼神。人们从德昂族特有的微厚的嘴唇上认出她就是阿依。

阿目莫大娘惊喜万分。半夜鸡叫了，母女俩还余兴未尽，话语如同涓涓细流，阿依说，妈，我走得很远，去过大连和沈阳，还到了北京天安门！天安门，你晓得嘛，就是小学课本上画着的那幢大楼，太漂亮了！她的心像块过滤的纱布，挤出来的都是高兴的事，纱布裹着几许辛酸和痛苦。她不会忘记，一次因不慎打碎了几个碗，老板娘将洗碗水全泼在自己身上，但她忍了……上天总是会关照有毅力的人，她终于成为东北一家房地产公司的员工。善良是生命的底色，勤奋和智慧是开辟道路的镢头，阿依还成了公司驻德宏的代理商。

在叙说亲情、友情、乡情的空闲中，阿依总在抽时间看书学习，忙于完成自己的学业。母亲唠叨："你就会看书，喜欢读书，当初为什么要离开学校？"

　　年轻人终究是藏不住心里话，阿依抚摸着母亲的手掌轻声说，妈，当初你每个月给我的伙食费只能吃一个星期的饭，没办法我才那样的。但我不怪您，我现在不是很好吗？……看着纯朴善良的母亲，一阵酸楚涌上心头。

　　阿目莫大娘没法再责怪女儿，只好稀里糊涂地沉默着。她不但明白了女儿的心理，她还知道了勐广山有她背不动的东西。同时明显感到女儿长大了，变得能干了，勐广山留不住她了，五颜六色的腰箍已捆不住"野性"的阿依，孩子的生活在大山外面。每想到这些，就像森林里穿进来一束阳光，心里倒也暖烘烘的。

　　因为女儿在县城工作，阿目莫大娘经常去小住几日，每次回来都是乐滋滋的，她是村上第一个可以去城上吃住数日不用掏钱的人，大家非常羡慕，夸她有福气。时间长了，阿目莫大娘还带回来一些新名词，说起话来汉话成分在增多，老伴讥笑她"土狗放洋屁"，但妇女们都喜欢围着听她讲城上的新鲜事。

　　雨季来临的时候，阿目莫大娘忽然做了一件令人费解的事情。

　　勐广山的路依然大大小小，弯弯曲曲，烈日下、风雨中，那只磨得锃亮的背箩还在不停地扭动。奇怪的是背箩里没有安放着野果和野菜，而是一些连根带土的藤蔓和树苗，她将它们移植在离家不远的地方，而且干得非常认真。于是村民们纷纷说她做傻事：世世代代生活在树林里，还要去种那些东西干吗？唉，阿目莫老了，脑子糊涂了，做事像小孩子一样。老伴几次劝阻没用，也非常生气，骂她吃饱撑着。为此，老两口之间一直不说话。

　　第二年夏天，十几亩的野菜形成阵营，满目鲜枝嫩芽，真是天甘地泽，理想的天然食品。"皇帝的女儿不愁嫁"，皮卡车进村了，阿目莫大娘不识字，只在订购合同上押了个手印，那颜色鲜红醒目，舒服到骨子里。这时，村民们才恍然大悟，钦佩她致富有方，赞扬声一片。调皮的年轻人说，哦哟，想不到老妈妈还会出个绝招。

　　一天下午，阿目莫大娘攥着一叠人民币从卧室里出来，主动和老伴搭讪，对方似乎没听见，一股劲在劈柴。其实老头子知道自己错了，只是一下子放不下男人的臭架子。晚上，老两口裹在被窝子，男主人终于忍不住扭过头来说："嗯，还是你有办法。""是阿依出的主意……阿溜上中学总算有把握了。"

　　夜深人静，一个圆圈内的梦在慢慢向外延伸，很长时间了，梦境里一直没有先前那棵神树……

山风幽怨

村民知道这样做不对，但制止不了少数人的行为。

母亲和英子来信，要林子想办法为村上架设一股饮水管。拿着干黄的信笺，林子当然会想起家乡那条从石缝中挤出来的饮水沟，清澈见底，水质清冽甘甜，一年四季流量均衡。那真是"明月松间照，清泉石上流"。奶奶说过，那里是小龙王在掌管着的水源，村里人应该敬献它，保护它才对，千万不能惹它生气。很多年过去，许许多多酷暑昼夜，清清的小水沟都在林子身边流淌，总有一种凉爽惬意的感觉。

当年林子走的时候把朦胧的爱情挂在杨梅树上，从大学到工作，一去好多年。家乡是摇篮，摇篮的印象是深刻的：成片的森林像肥大的棉被将大山覆盖得严严实实，显示出原始的富庶和安泰；风带来清新，云带来思念，水带来甘甜。一草一木永远印记在他心灵的深处，成了不灭的底色，化解了城市的烦闷，填补了他内心的空白。特别是英子，如同清晨的露珠，乌黑的秀发曾无数次牵动着他美丽的梦境。好奇而顽皮的童年有许多小伙伴，但林子情有独钟，英子的身影装满了他的整个脑袋。他们成天在树林子里戏耍，同黄梨树对话，为苦香皮树搔痒。挨大人们打骂的时候，还会抚摸着家边的小树棚伤心地痛哭。他们最恨貂鼠，每见必追打不停，因为它老偷吃山果。

林子善爬树，再高的野香橼也会被他摘下来。每次，最红最熟的那个总是英子的。有时候林子找不到野果，心里会发慌。这时，英子那纤细的小手会把先前的果子递过去："就知道你嘴馋！""嘿嘿，我晓得你还留着一个呢……"林子一阵憨笑，厚着脸皮吃起来。

在大山的皱褶里常常是男尊女卑。初二的时候英子的书包被硕大的猪草篮取代了，而林子依然背着书包在弯曲的山路上跑来跑去。那天下午，英子故意在老梨树下截住林子。"林子哥，你怎么老是读书、读书？"她双眼发红，西去的阳光将泪珠照得闪闪发亮，头发在山风中飘曳，满脸幽怨。林子讷讷无言，不敢直视两只忧郁的眸子，只好哼哼哈哈的。"以后你走远了我咋办？""呃……我会来接你走的。"林子对未来朦朦胧胧，勉强鼓着勇气安慰对方。后来林子没有兑现诺言，搁置的爱情幻化成美丽的彩云藏在心底，只把老母亲接到城里去了。但老人家却嫌弃城里的水太淡，不解渴；住房太高，像大树上的雀窝。她留恋老家的行云流水、小山小凹和四季如春的菜园子，不久便返回老家去了。

城市在不断地进化，繁华的喧嚣会使人感到厌倦和烦躁。于是在假期中总想寻求一种隔尘的安宁，领略一下原始的朴真。林子同样有这种感觉。但他很惊奇和失望，因为他几年不回家，蓝色的记忆已变成灰色的现实。只见一座座大山裸露着肚皮让太阳暴晒，模样沉闷而困倦，到处热气升腾，村庄的房屋像干蘑菇一样贴在黄土地上。林子有些发晕，感到眼前灰蒙蒙的。呼呼的山风告诉他，这里一片空旷，再也抚摸不到柔和的树枝；苍老的流云告诉他，这里枯燥单调，再也没有流连的春光。林子回乡倍受款待。最与他亲近的自然是儿时的童伴，如今长得愣头愣脑，成了村里的"土豹子"，腰间斜挂的手机汗渍斑斑，模样大大咧咧，说话的嘴巴是个黑洞，大碗酒和大块肥肉往里装，颇有几分江湖豪气。林子发觉他们的住房格外高大，大概是想显示一种雄伟，其实很熊样。内心的憎恨将他们的距离拉得很远。他感受不到温暖和亲切，心里有一种异样的失落感，无以言状。他实在想念那些熟悉而亲切的杨梅树、苦香皮树……他在恍惚中默念：人生如漂泊，际遇若浮云。我们离别后，你们却走得更远，儿时的情感变成久远的记忆，漂泊无相聚。这种奇妙的情怀演绎成几首模糊的诗句，裹在清风中飘向远方。

僵硬的水管终于沿着干枯的饮水沟爬进水源头。看着它，林子想起早年奶奶的话。但他说不清这算敬献还是拯救，或许是安慰吧。不管怎么说，小龙王还是宽厚的，还是把涓涓细流送给村民，哪怕流量很小很微弱，水质却依然清爽甘甜。水来了，母亲和英子很高兴，大家很高兴。然而林子更加沉郁，心上空荡荡的，什么寄托都没有。他见到英子了，却根本看不到英子当年的影子。英子衰老的模样几乎赶上母亲，头发白了大半，一副干瘪的面容挂着深山的凄风苦雨，恍若林子的上辈人。英子蹲着和林子说话，用纤弱黑细的双手戏弄着冰冷的流水。俩人的谈话勾不起灿烂的记忆，往日的情趣消失得无影无踪，似乎是上辈子的事情。对英子来说，酸楚的现实就是一块走不完的沼泽地，处处费力，处处艰辛。"林子哥，树砍光了，山里更穷了……"她所有的话都是诉说现实，既不怀念过去也不憧憬未来。"乡亲们还好吧？"林子实在找不到合适的语言。"好个鬼，除几户强盗外，很多人还不是那个死样子！"是呀，"强盗"，任何时候可以掠夺的都是少数人，被掠夺的往往是多数，而且这种掠夺还不容易防范。因为他们就地取"财"，自然而然，似乎并不伤天害理。

"向晚意不适，徒步观山景"。远山吞没了太阳之后，林子还坐在离家不远的小土坡上，直到繁星点点，残月如钩。夜间的山村一片漆黑，庞大的夜幕围困着小小的灯光。旧梦依稀，林子的心中虽然有些忧郁和迷惘，但他毕竟深爱着这片遥远的土地，哪怕"艺海拾贝"也想找回那种感觉。白天找不到，晚上看不清，就用听觉去感受吧，这是一种怀旧的特殊心理。寒冷的山风扑在脸上，又从身边滑过，飞向黑暗深处，发出呜呜之音，他隐约感到像是英子儿时的哭声，不，好像是现在的英子在哭，其实也不是，那是山风幽怨之声。千万年来，森林是风的情人，情侣相伴，哗啦之声悦耳动听；失去伴侣，呜呜哽咽之声令人孤独而伤感。大山奉献森林之后，仅余下干渴的土地，村民还要挥舞锄柄，描绘苦涩的光阴，为了繁衍生息而无休止地索取。感情上依赖大山，生活上依靠大山，行为上折磨大山。然而不作为是叹息，作为了也是抱怨，含辛茹苦的村民大概永远不会责怪自己，只会一年又一年把怨气撒在沟壑中。晚上睡在冰冷的凉席上，是那样的疲惫和舒坦，兴许还有一段苦尽甘来的好日子。

　　林子回屋的时候好生奇怪，乡亲们居然坐了满堂，其中还有英子。大伙的脸色有些认真，都把目光投在林子身上。沉默片刻之后，终于有人发言了："林子，我们再请你帮个大忙。""还想把水管架到银河上去吗？"室内一片哄堂大笑。细说才知道，乡亲们是想搞个种植业基地，而且决心比山还大，几个胡子拉碴的长辈火气不小，责怪黑心人把树木砍多了，开口闭口一大堆骂人的丑话和几条粗糙的规划掺杂在一起，唾沫星子溅在别人身上。一个调皮的年轻人插话："三耶（三叔），砍树的是男人，姑娘人（女人）没有错。"大伙嘻嘻哈哈地笑起来。这个自发的会议如同三脚架上的涨水锅，一直沸腾到深夜。后来，林子一直在想，乡人的愿望但愿能变成真的。

果子狸与咖啡

"有'屎'以来最香的大便",虽有点不雅,但这是真的。

自然界奥妙无穷,许多东西一旦被人们发现和使用,往往会成为人间珍品。如果是商品,必然是奇货可居。果子狸与咖啡就是一个奇迹。

果子狸也叫花面狸、白鼻狗、花面棕榈猫等,属东南亚灵猫科,是珍贵的毛皮和肉用野生动物。在茂密而幽静的咖啡园里经常偷吃熟透的咖啡果子,造成产量下降。早先人们很讨厌这种动物,后来在印度的苏门答腊、爪哇和苏尔维什岛等地方,当地人从果子狸的排泄物中挑选出比较完整的而且还裹着果肉黏液的豆子,没想到卖出去后居然大受欢迎。之后,人们干脆任其发展,咖啡种植园主拿果子狸的粪便当宝贝,将其仔细地清洗干净,精心烘焙后再出售。所以,品质最好的咖啡豆不长在树上,而是在果子狸的粪便中找到的,果子狸是去除咖啡果肉的天然机器。这种精灵的动物每天晚上都会到咖啡园找咖啡果实吃,并在离开前把咖啡豆排泄出来。

为什么果子狸粪便中的咖啡豆会成为人间极品呢,食品专家解释说:咖啡豆进入果子狸的消化系统后,在系统中蛋白质会同咖啡豆相互作用。在烘烤中,这些小分子量蛋白质同咖啡豆的碳水化合物或糖起化学反应,在冲泡时带有巧克力的自然香味。咖啡豆在果子狸的肠道中，特殊的细菌提供特殊的发酵环境，风味变得独特，格外浓稠香醇。据说果子狸专门挑选最好最成熟的咖啡果享用，这也从客观上保证了果子狸咖啡豆的品色。

传统上咖啡果子加工是采用水洗或日晒处理，除去果皮、果肉和羊皮层，最后取出咖啡豆，与果子狸咖啡豆加工有着本质的区别，一个是人工的，一个是纯天然的。

这种特殊的咖啡，在市场上价格昂贵，未经烘烤过的阿拉伯果子狸咖啡豆，到了咖啡商手里，一公斤可以卖到500美元，比牙买加蓝山咖啡贵了四倍。在美国，果子狸咖啡豆的售价更是高达每公斤1200美元。印尼种植着大量的咖啡作物，经过发酵和消化的果子狸粪便，就是一粒粒的咖啡豆，成为世界上最昂贵的粪便。一袋50克

包装的咖啡豆价值 1500 元，只能泡三四杯咖啡。折算下来，一杯价格约为人民币 400 元。

经过加工和烘焙，"猫屎咖啡"成为奢侈的咖啡饮品，流传到世界各地的奢侈王国。由于原材料和制作工艺十分独特，这种咖啡可以说十分稀有，每年供应全球的咖啡豆最多不会超过 400 公斤。当地的咖啡农为了追逐高额利润，将野生的果子狸捉回家中饲养，以便产出更多的猫屎咖啡。但是，养殖的猫屎咖啡，成色味道也会相应地逊色很多。

国外一些咖啡馆的老板娘每年都会到世界各地旅游，搜罗咖啡稀品。物以稀为贵，对喜爱咖啡的人来说，在优雅舒适的咖啡馆里喝上一杯牙买加的蓝山并无特别，但倘若能喝到一杯果子狸咖啡，那可算是此生无憾了。喝完一杯，深吸一口气或是含上一口凉水，便能明显感觉到由口至喉一股清凉，如同刚吃完一颗薄荷润喉糖，其美妙清爽的感觉，是一般咖啡所没有的，用语言难以表达。

我们不会忘记，在莎士比亚的剧作《李尔王》中有这样的对白："请给我一点麝香猫屎，加工成世上最昂贵的咖啡，让香猫的香油，刺激我的灵感。"果子狸的杰作，早已成为人世间不可多得的珍品，卓尔不凡的特点为商界创造不凡的价值，无与伦比的美味让人难以忘怀。人们有着极端的品评，称其为"人间极品"。

这种咖啡有个别称，叫作"有'屎'以来最香的大便"，名字虽然不太雅，味道醇香，感受非凡却是事实。它曾经是印尼进贡荷兰王室的贡品。过去，业界将这种以"猫屎"为名的咖啡当成是一种笑话，认为此物一文不值，直到有关杂志对此进行特别报道之后，大家才逐渐对"猫屎咖啡"产生兴趣。

来自印度尼西亚的果子狸咖啡风味独特，堪称咖啡界的极品。而近年来台东果子狸咖啡，不仅风味同样迷人，而且价格低了许多，在市场上吸引了许多咖啡爱好者。推出果子狸咖啡的台东山猪园牧场，精选自然农法栽培咖啡豆，萃取果子狸肠道益生菌，并结合太平洋海洋深层水生产科技，采用体外热发酵科技生产进行咖啡发酵，保持了果子狸咖啡的独特风味，制作过程更安全卫生，香气和口感深受好评。

在科技飞速发展的今天，人们寻求自然的纯美。世间优质咖啡豆成千上万，果子狸咖啡是诱人的饮品，人们在无休止的追寻。众里寻它千百度，你用不着蓦然回首，只要闭上眼睛闻一下就行。

马儿啊，你慢些走

故乡如此富庶和美丽，选择离开也是出于无奈……

那年夏天，因为工作关系，我们到凤庆考察茶叶深加工技术。

走进一个颇有名气的大茶厂，接待我们的业主是个七十多岁的老人，身材敦实，紫檀色的面容与头顶上的华发形成鲜明的对比。他表情平淡，对来访者不大感兴趣。看完介绍信后，他指着前面的厂房说，你们自己参观吧。我是领队的，遇到对方的敷衍，心里很是着急，不停地介绍自己，不停地表明诚意。当听到我介绍中的"芒市"二字时，老人突然像火一样热起来，两眼露出惊喜的光芒。于是，我觉得双方的距离一下子拉近了许多。芒市是我们古老的称呼，而介绍信上写的行政名称是"潞西"，难怪老人起初的冷淡了。原来，老人叫宋德江，出生在芒市。他见了我们这些家乡人，兴奋地说，哦，咱们芒市是米茶之都啊，不但风景秀丽，而且物产丰富，"遮放贡米"的名声大着呢，不仅如此，种茶的历史也非常悠久。"德昂酸茶"和"官寨茶"文化积淀丰厚，很有开发前景。有首歌曲是专门唱我们家乡的，知道吗？我便不假思索地回答说，是《有一个美丽的地方》吗？德江老人微笑着说，还有一首呢，叫《马儿啊，你慢些走》。听后我感到非常惊喜。这首歌是大理鹤庆人李鉴尧的名作，多年来唱遍祖国大江南北，唱了几代人，优美的歌词真正赞颂了一个地方的美，令人神往。不说还真不知道，原来作者描绘的地方就是我们自己的家乡啊。回来后，我把这个意外的收获告诉了我身边的每个朋友。

这次考察出奇的顺利，与德江老人的帮助是分不开的，我也从中学到很多东西。老人给大家的感受颇深，有些经验和技术是近乎商业秘密的，可德江老人是性情中人，他都毫无保留地告诉了我们，那种爽快令人感动。

人是讲缘分的，几天的接触，我们彼此真有种说不出的愉悦。返程途中，车子在飞速地前行，但我的思绪依然停留在老人的身上。我无法忘记白发苍苍的老人那老泪纵横的回忆。

老人回忆说：我父亲是湖北人，早年做小生意，走东串西最后到芒市安家落户，给土司当师爷。小时候的事啊，真没法忘记，处处是绿茵茵的田野、潺潺的溪水，大小沟壑鱼虾尽欢，是我们一群孩子玩耍的天地。哎哟，最想死人的还是那又白又软的米饭和那香喷喷的火烤豆豉，生活在鱼米之乡的人啊真幸福！可是好景不长。1966 年后，空气变得越来越紧张，父亲因当过师爷，属历史有重大问题之人，先是被抄家，接着被吊起来，打得死去活来，全家人惶惶不可终日。后来被下放到一个偏远的傣族村寨。那年夏天，"农业学大寨"高潮达到顶峰，"远学大寨""近学广双"的口号喊得震天响。村里决心大干双季稻，结果两季歉收，全村闹饥荒。没饭吃，但劳动不止，父亲因有严重内伤，在生活的极度困境中撒下我们母子俩撒手人寰。走投无路，母亲只好带着我外出乞讨……

德江老人的往事，使我油然想起自己的父亲。

那也是一个苦涩的岁月，父亲虽然很能干，家里的大铁锅照样生锈，经常是三月不见油星。我时常是做梦吃肉，醒来口水流得好长。一天，父亲突然回来了，他把我抱在膝上微笑着说，乖儿子，晚上爸爸下田抓黄鳝给你解馋。我一听高兴得跳了起来，这真是天大的喜讯。那时候，除了床第之事，什么都要集体行动才合法。夜间，父亲带着二十多个"小卜冒"下田去了，我眼巴巴地在家等着，直到进入梦乡。可是，第二天醒来并没有见到黄鳝，只见父亲全身湿淋淋的，一个人坐在屋子里抽闷烟，脸色阴沉，双脚全是泥巴。我很害怕，不敢走近他，便跑去问妈妈，妈妈用眼睛瞪了我一下说，小孩子别多问。后来我发现和父亲一起去抓黄鳝的那些"小卜冒"都不见了，又不敢问，只好把这个大问号封存在心里。直到1990年后，大批出缅人员回国，时过境迁，父亲才讲给我那不寻常的一幕：

父亲带着二十多个"小卜冒"到了田里，有人突然提出要跑缅甸，父亲知道上当了，大吃一惊，吓出一身冷汗，并坚决地阻止他们。然而，大伙根本不听，哗的一声就向边界跑去。父亲一边追一边拼命地劝说，但一点作用都没有。父亲跌跌滚滚地追到中缅边界，夜色漆黑，雨还在不停地下，一条界河在急速地奔腾，水声和雨声混成一片。这时，只听到他们站在对岸大声说，"耶弄"（大爹），我们一起走吧。如今，佛祖到缅甸去了，谷魂也上天了，所以百姓没饭吃，日子没法过！说完一伙人都哭了，哭得很伤心……这件事对父亲刺激很大，但又不敢把实情说出来，只向上面报告说，有二十多人外逃了。否则，父亲即使跳下黄河也洗不清。

听完父亲的讲述，我没再说什么，只是摇头叹息那个无奈的年代。傍晚，我常常站在高高的山冈上，眺望远方的缅甸，血色的阳光下山峦在朦胧中延伸，这时，总会情不自禁地想起山西民歌《走西口》，内心深处便隐隐作痛起来。

芒市自古以来山清水秀，气候适宜，土地肥沃，是名副其实的鱼米之乡。但一方山水养不活一方人，德江老人和他的母亲，还有我同村的大哥哥们，曾经因为饥饿而选择离开，那种离别故土的痛苦是难以形容的。生活在这里的人们经历过太多的曲折，有过太多的酸楚和困惑，有过太多的彷徨和茫然。

改革开放后，家乡滚动着绿色的春风，广袤的田野很快成为商品粮基地，满山的茶园装点了千年梦境，这个得天独厚的地方越来越显示出自身的优越，傣家儿女们岁岁"稻花香里说丰年"。高昂的象脚鼓声和悠扬的歌声飞过田野，跨过青山，传递着人们的喜悦之情。人们说，这是新中国成立以来最好的光景，想不到人民会过上这么舒心的日子。

考察结束后不久，我们得到德江老人的大力帮助。他先后三次到芒市，与我们一道探讨茶叶发展新路子，提出许多真知灼见。他说，老家的变化太大了，记忆中的芒市是"一灯照全城"。在这个历史悠久的茶叶生产地，应该打出自己的品牌。特别让人感动的是他亲自到德昂山乡做实地考察，体验"古老的茶农"之遗风，那种感知完全体现在后来的产品中。在德昂人的历史长河中，茶叶不但闪烁着金银的光芒，而且成为无可替代的精神支柱，一部宏大的创世史诗定格了一个民族的宇宙观，并且较深层次地反映在生产生活之中，创造了别具一格、丰富多彩的茶文化，此种特殊文化实属少见。历史悠久的"德昂酸茶"制作工艺特殊，民族风味独特，蕴含着厚重的民族文化，让德江老人产生了浓厚的兴趣。这个有"茶王"之称的老人，对自己的家乡饱含深情。工作之余我们喜欢播放《马儿啊，你慢些走》，然后大家跟着哼唱，深情表达对家乡的热爱。歌声中，老人的情感总是那样投入，我知道他沉浸在童年的意境中。

在开发德昂酸茶的时候，我从老人的精神和理念中看到了企业未来的发展，一种潜在的兴奋在心里萌动。果然，两年后，一个古老的产品以全新的面容脱颖而出，依然定名为"德昂酸茶"。这个古朴、优雅，风姿绰约、美丽大方的少女，带着浓郁的乡土气息，裹着历史的韵味走向市场。饮之，其味清醇甘甜，杯底留香，回味无穷，并有心旷神怡之感，很快赢得世人的青睐，并以其独特的优势畅销北京、上海、广东、深圳，许多外国友人也非常喜欢，多次荣获国家金奖。

成功的喜悦长时间萦绕在我们的心间，我对德江老人的帮助和支持有说不尽的感激，但又找不到什么很好的表达方式，经过许多天的考虑，我郑重向他提出说，老前辈，你过来吧，带着我们一起干，我们全听你的。德江老人欣慰地笑着说，呵呵……这个邀请我等了很长时间了，怎么现在才说。说完大家都笑起来。我们是真诚的，老人也确有回到故乡发展的打算，事业顺风顺水，蒸蒸日上，心中升腾着迷人的彩虹。

人生总是有缺憾的，2007年春末的一天，我突然接到德江老人的电话，但手机里传来的却是其夫人的声音，他妻子说德江老人因病去世了。这个突如其来的消息使我头皮发麻，半天说不出话来。一个同乡、同行的老前辈毫无保留地给了我那么多的关心，生命却

突然画上了永恒的句号，忘年之交让我潸然落泪。一颗感恩之心空荡荡的，真正感受到人生如梦，岁月无情，无奈和伤感长时间困扰着我。同年岁末，我又忽然在网上发现李鉴尧先生也骑着马儿到另外一个世界去了，心中又一次泛起伤痛的波纹。于是，下意识地打开音响，静听那首动人的歌曲，以表达对两位老人的思念。

"马儿啊，你慢些走呀慢些走，我要把这迷人的景色看个够，没见过青山滴翠美如画，没见过人在画中闹丰收……没见过这么蓝的天哪，这么白的云，灼灼桃花满枝头……"一位是交情深厚的企业家，对自己的家乡有着深深的眷恋；一位是未曾谋面的老词作家，为我的家乡留下了如此完美的歌曲。歌声中，悲伤和感激的泪水夺眶而出。歌曲百唱不厌，歌声抒发着我们对家乡的热爱，倾诉着对逝者的怀念。

今天的芒市更是风采迷人，阳光驻足，米茶之都，米茶飘香，历史文化，风情万种，富足的山水养育着勤劳善良的各族人民，人们也永远铭记着大地的恩情。在纪念共和国六十年华诞的日子里，我们感慨万千，欣慰地展望家乡的风貌，颂扬祖国举世瞩目的巨变。

跨越国境线的马帮

马帮的铃声已远去，时光隧道里晃动着历史的背影。

当地民歌唱道："你三月出门四月折，莫在夷方打雨水；缅甸姑娘留落大，留下多少汉朝人。"芒市作为南方丝绸之路的重要隘口，马帮的历史比较悠久，从清朝时期到 20 世纪 90 年代，山间铃声响彻了数百年。歌词反映出马帮长年进出缅甸，而且出行时间比较长，妻子嘱咐丈夫不要留恋异国他乡的女人，做完生意赶快回来，那种深深的牵挂翻越关山，跨越江河，令人心酸和伤感。这种担忧也不是无缘无故的，当年马帮的爱情生活的确很特殊。许多人到了一个新的地方，遇到自己心仪的女人就会同她结婚，并在那里生活两三年才返回自己的故乡。随着路途的延伸，组成的家庭就增多，成为长年出门在外的落脚点。我们不难想象，当时马帮进入内地，外出缅甸很频繁。今天我们漫步古镇，但见一隅断桥，垂杨拂风，那里仿佛坐着一位年轻的少妇，美丽的容颜掩盖不了惆怅的云雾，思念化作流水，源源不断。一颗寂寞的心等待了几度春秋，同去的伙伴早已回来，而丈夫依然未归。从盼望到焦虑，从焦虑到怨恨，何去何从，眼前爱恨交织，一片渺茫。其实，从丈夫赶马出门的那一刻起，她就隐隐感觉会有这样的一天，只是她不愿意多想，极不情愿相信这种感觉罢了。现实生活中有为男人开脱的歪理邪说："好女不嫁二夫，好男能娶九妻。"生活没有圆满的答案，当另一半终于回来的时候，日子依然像平常一样。

旧时，边境一带的百姓到缅甸谋生称之为"走夷方"，赶马人是其中的一类。马帮出行的方向是沿着瑞丽江走去，进入缅甸，抵达瓦城甚至更远的地方，成为名副其实的跨境运输队伍，来回一趟需三个多月。运出的物资有丝绸、茶叶、土碗、凉席、干果、辣椒、糕点及腌制品，运入的物资有盐巴、珠宝、棉线、五金百货等。也有的马帮专门到缅甸给英国人输送货物，村民谓之"上洋脚"，一般外出一个干冬季节，临近雨季回家。山连绵，路遥遥，驼铃声声，吆喝声滑落在云山雾水间。

历史上的芒市马帮以勐戛和江东两个地方较多，都是结成团伙出行，每个马帮有数十匹骡马，领导者称马锅头。民国时期勐戛镇马锅头的姓名还储存在高龄老人的记忆里，他们是韩保、匡昌贵、邵盈昆、李宗兴、谷本聪、谷祖留、段学昌、肖云甲、肖尚旺、肖老苍、杨六、姚德宽等人，这些人胆大心细，处事果断，具有一定的号召力。马锅头有大小之分，一些大马锅头并不劳动，骑着高头大马在后压阵，他们有的是帮会中的主要成员，有自己的势力。马匹皆是驯养过的牲口，各有其名，呼之即来。为首者称头骡，颈挂钢铃两个，马头饰以红绒和红色彩布，额心置一面小镜子；第二匹牲口称二骡，挂一串苏铃（当地人称超子），头部装饰略少于头骡。头骡是马帮的带头者，负重较轻，行进中没有主人号令一般不会停蹄，无论白天黑夜，都能识途前行。经验丰富的头骡能预知前方险情，遇有猛兽或暗藏的陷阱，会即刻终止脚步，并发出声音，提示主人。当地马帮有很多行规、行话，可谓之为马帮文化。如禁止说豺、狼、虎、豹及其同音字——"柴"说成"火尾子"，"抱"说成"搂"，煮饭烧焦忌说"煳"；饭勺要俯放，不能仰放，因其像马蹄，蹄子翻朝天即是死；汤勺要仰放，不能俯放，勺子下沉预示马帮会被大水淹没；煮饭不用三脚架支撑锅，因为牲口都是四只脚，出现三脚即是受伤。马帮作为民间的专业运输队伍，常年行进在蜿蜒的古道上，运输物资的同时，也带来各种信息，因商业交易产生文化交流，与外界形成千丝万缕的关系。旧中国技术落后，诸多生活日用品依赖进口，边境地区更是物资奇缺，对进口物品倍感新奇，老百姓给若干用品冠之以"洋"字，如称火柴为洋火、水桶为洋桶、棉线为洋线、毯子为洋毯、锄头为洋锄。还给普通的煤油起了个漂亮的名字，谓之"银丹青"。新中国成立后，国产货取代了洋货，但老一代人改不了口，依然把"洋"字挂在嘴上，足见一个时代打下了深深地烙印。

芒市马帮的步履丈量漫长的历程，年年岁岁由家乡出发，或迎着南高原的长风，驮铃响彻无垠的森林，响彻高山峡谷，路途十分辛苦，也充满危险。匪徒挡道、瘟疫染身、野兽攻击等各种情况随时都会发生，客死他乡者屡见不鲜。很多时候，驮出去的是梦想，驮回来的是噩耗，亲人的悲哀在纸钱的青烟中升腾。有时候遇上赔本生意，血汗钱付诸东流，一些意想不到的事情会给马帮带来巨大的损失。

要组建一个马帮，骡马必须在十匹以上，否则不予认可。马帮以铃声传递信息，显示自己的威风，铃声越响，威风越大，道路畅通，生意兴隆。曾几何时，芒市马锅头留下了一段有趣的故事：一次路过怒江峡谷的时候听到前面有"叮咚叮咚"的铃声，为了避免狭路相逢发生意外，马锅头决定打稍等待。可是等了很长时间都不见对头来的马帮，太阳落山的时候依然没有碰面，直到第二天中午才到来。原来铃声传来的时候对方还在几十公里之外的地方，足见其铃声何等神奇。耽误了交货时间，损失不小，马锅头非常恼火，但又不便直接发作，他用一千两银子买下那副钢铃，然后将其敲得粉碎。这个故事一代代流传，各有评说。

马帮与匪徒的斗争从未终止，一方坚持预防为主，采取必要的保护措施；另一方暗中觊觎，伺机出手。所以，弯弯的商道，森林密布，险象环生。抢劫马帮的土匪，其实都是一些当地人，为防止对方认出自己，他们伪装打扮，彩上花脸，面如京剧人物，躲在丛林深处，出其不意，将财物掠夺一空，有反抗者，即被当场杀戮。马帮深受其害，无不惧之。马帮多数聘请当地景颇族男子充当保镖，该族人除剽悍勇敢之外，还是一个跨境而居的民族，边境一带亲戚、朋友、熟人较多，有景颇族保镖的马帮土匪畏惧三分，一般不敢出手。民国时期，东山上户板村的鲍大是个景颇汉子，此人刀术精湛，武功高强，是这一带最有名的保镖，由他护送的马帮出入平安，没有出现过什么大的问题。马帮出行，凡有鲍大在场，土匪就会按兵不动，眼睁睁地看着马帮经过。匪患是中国历史上的一颗毒瘤，长期危害人民，破坏安定。新中国成立前的勐戛古镇周边，土匪比较猖獗，清朝咸丰年间，曾出现过一帮悍匪，其人数不多，约六至七人，真实姓名无可考证。他们行踪诡秘，来无踪去无影，不但身怀

绝技，出手不凡，而且极度凶狠残暴，可谓当地江湖一霸，村民无不谈匪色变，又恨又怕。匪徒们除拦路抢劫马帮，掠夺大批钱财之外，还四处劫色，伤天害理。最可恨的是大肆欺男霸女而又厚颜无耻，每当村民举办婚事的时候，几个恶棍就会出现，待天黑后就强行驱散客人，拉新娘入洞房，行使"初夜权"，发泄兽欲。匪徒警惕性极高，当一人在室内行奸的时候，其他人持刀立于户外，直到全体匪徒施暴结束后才迅速离去。他们羞辱新郎，糟蹋新娘，主人家因害怕招来杀身之祸而敢怒不敢言。由于这些匪徒行径极其恶劣，民愤极大，引起官方高度重视，芒市土司衙门派兵联合勐戛乡绅将其全部诱杀，彻底剿灭。这伙匪徒作恶数年，给老百姓留下难以磨灭的印象，尤其是勐戛镇的芒牛坝一带受伤害程度最深，许多年后匪徒阴魂不散，村民认为，当年的恶棍已变成厉鬼，隐藏在山野间，不时缠绕阳间人，使人头昏呕吐，周身乏力，一旦遇此情况，必焚香送鬼，寻求心理安慰，这是后话。

跨越国境的马帮驮运物资、驮运信息、驮运文明，数百年的时间满足着一方百姓的需求。

德昂酸茶　凝固的山泉

茶树民族裹着茶叶的芬芳从远古走来。

　　说起品茶就会想起普洱茶、龙井茶、铁观音等名品，其实喝德昂族酸茶也别有一番风味，正宗的产品不论是历史的味道还是现实的体验都完全不一样，在轻松愉快的过程中感悟一个民族的特质文化，不信你试试。

　　去年初春，我亲眼看见了德昂族妇女董晓梅制作酸茶，其整个过程完全在我的想象之外。为了严格按照本民族制作酸茶的要求进行，董晓梅事先从缅甸请来了德昂族制茶师傅。正月初九那天，采摘了一批鲜叶，在铁锅里焖熟搓揉后晾在竹笆上。我不解地问，今天的日子有什么不同？晓梅回答说德昂族制作酸茶有讲究，必须选择逢三、六、九的日子，用单日而不用双日。接下来要进行的就是发酵，其中包含着一个边地民族的神秘文化。请人在茶山旁边的空地上挖了一个很大的土坑，将龙竹破成两半铺在土坑底部，接着在竹子上面和四周安放三层鲜绿的芭蕉叶，然后把茶叶装进去，再用芭蕉叶盖上；茶叶共分五层，每天完成一层。即将封坑的时候，一种古老的仪式开始了，只见师傅带着徒弟祈祷，左手摸着自己的胸口，表情极为虔诚。祈祷的大意是：尊敬的天神、地神、树神、水神，特此向您禀告，我们要在这里开坑制作酸茶，秉承千年古规，谋求生活的出路，恳请神灵护佑，制出上等酸茶。仪式结束的时候晚霞满天，太阳的余晖洒落在山水间，景色满含诗意。师徒两人凝视着遥远的西山，当夕阳徐徐滑落坠入大山的时候，即刻封坑，用三层芭蕉叶盖住坑口，木板扑在上面，再用几个大石头压在板子上。至此，发酵工序已经结束。

依照祖规进行的全部程序，祈祷和封坑是最关键的一个环节。据说，祈祷之时师傅在恍惚中能看见某种吉祥物，诸如牛、羊或是龙、凤等，预示制茶将会获得成功；如果什么也看不见、四周空空如也则视为不祥，说明茶神没有指明方向，发酵出来的茶叶会腐烂或是被土里的蛆虫蚕食，出现严重的质量问题，甚至彻底失败。封坑的时候特别讲究时辰，一定要抓住太阳落山的时刻——太阳收起最后的光束，大地开始黑暗，世间万物渐渐进入休眠状态，此为封坑的最佳时刻。

又是一个三、六、九的好日子，发酵九十九天的时候终于开坑了。太阳从东方喷薄而出的同时，发酵的土坑打开了，晨光温暖着山野花木，微风轻盈，百鸟欢唱，茶叶重见天日，等苏醒过来的时候金灿灿一片，像黄金一般耀眼，非常漂亮。乘着如火朝阳，出坑的茶叶重新回到竹笆上躺着，再经过几天的晾晒，颜色变得乌黑油亮。我享用了第一杯成品，开水浸泡后茶叶又回归金黄色，在水里悠然晃动，美妙至极。喝起来的时候感觉风味特别浓厚，口感特别舒适，"藏在深闺人不知，微酸微苦味甘甜"的诗句完全概括了酸茶的品质。我跟晓梅开玩笑说，看来茶神还是给你一点面子，希望你多努力，不要当懒女人。董晓梅表示不会辜负茶神的厚望，一定把源远流长的德昂族茶文化传承下去。

那一夜我们围着火塘，除沏茶喝外，还把酸茶烤黄，把茶罐烤烫，开水注入茶罐里发出"轰隆轰隆"的响声，一次又一次品尝"雷响茶"的味道。最重要的是我们共同挖掘了德昂酸茶的起源。此名品最早源于战争的需要，古时候曾经战火连绵，德昂族战士经常出征，为了解决长途行军口渴难耐的问题，族人把茶叶发酵后制成茶膏，每人携带一小块，早上食用一次，一整天嘴巴里回味甘甜，如同喝过山泉水一般滋润，这就是酸茶的特殊功效。战争结束后，茶膏慢慢演绎为茶坨、茶饼或散装茶叶，其品质仍然不变。作为土特产品，如今飘然面世，颇受市场青睐，供不应求。所谓茶文化主要反映在历史起源、采摘、加工、包装和食用等方面。真正的德昂酸茶不但加工制作比较特殊，干净卫生，一尘不染，符合检验标准，而且蕴藏着浓厚的民族文化，产品来之不易，要想喝到正品并非易事。

离开德昂村子，走出密布的森林，茶乡渐远，茶香渐淡，而德昂人的茶文化是一道绚丽灿烂的人文景观，会长久深印在脑海里。德昂酸茶是凝固的山泉水，从远古悄然而来，给现代人杯底留香，舌根留甘，令人难忘。

怀念牧歌

史前人类的毁灭是不是因为自己太吵闹？！

温和的阳光保持着亘古不变的颜色，而人类却不断地在翻新，总是标新立异地在展现自己，许多丰功伟绩堆积在历史的长河中。其实，无数壮举都是站在前人的废墟上制造新的废墟。"伟烈丰功费尽移山心力。尽珠帘画栋，卷不及暮雨朝云；便断碣残碑，都付与苍烟落照"，最后虽然"两行秋雁，一枕清霜"，但人类的贪婪和欲望不会泯灭，并渗透在灵魂深处。时至今日，人类的脚步踏遍了每一寸土地，这个肥大而富庶的世界，空气变得越来越不清新。许多时候自己像是走出困惑的梦境，身在故乡却思念故乡的容颜。不是怀念故人旧事，而是怀念一遍视野，一种感觉，怀念悠扬的牧歌。

这是一片梦幻般的土地，最不美丽的时候也是千姿百态。水牛背着晒得黑黝黝的牧童，享受了一季的春草；农夫的犁铧翻卷着幽香的泥土，脚下诞生丰实的秋天。哦，又是一片艳红的夕阳，竹林摇曳的地方，小铁锅里煮沸着大自然的纯美。水泽之乡啊，芳草满地，浸泡童年的欢乐。清澈的水草塘是我们牛娃子的战场，你死我活的战争让十几头老水牛惊叹不已，它们忘却食草，扬着头颅观赏小主人的嬉闹。那种天人合一的时光，人畜之间的情感似乎拉得很近。不知从什么时候起，印度洋的晚风带走了牧歌飘飞的岁月，潮湿的田园风光在激情的烈火中融化，并渐渐走进残缺的记忆。年轻的河流未老先衰，污浊成年累月腐蚀着弯曲的身躯，微风从水面上划过，仿佛听到撕心裂肺的呐喊。伤感的文学作品里常说物是人非，而自己总觉得人非而物也非，烦躁和郁闷掺和在喧嚣的生活之中。我们一群牛娃子长大后不再有田可犁，为了生计早已各奔东西。有个叫刘宝财的伙伴，小时候笨头笨脑，每次水战都是我的手下败将，现在集市上当屠户，牛高马大的身子晃来晃去，晚上给猪肉注水，白天吆五喝六宰杀顾客，白天销售一头猪，晚上在灯光下数钱。阿标出道最早，好多年没见了，听说常年在中缅边界倒卖木材，已有很多钱仍不歇手，前年冬天命丧异国他乡，姘头卷起钱财消失得无踪无影；其父母一辈子守望家乡，晚年承受丧子之痛，在守望中无望。想起这些民间的忧伤和厌倦，更加怀念远去的牧歌，怀念一片草地，一塘秋水，怀念水牛和那长长的吆喝声。

西方圣经《创世记》里有个引人入胜的传说。人类曾经越来越多，并打着原罪的烙印。欲望在无休止地膨胀，战争与掠夺频繁发生，地面上的吵闹影响到上帝的安宁。上帝发怒了，让洪水淹没大地，诺亚方舟承载了物种，地球生命才得以延续。东方也有远古洪水滔天的故事，是葫芦在水上漂流，挽救了人类的种子。相同的故事都在讲述着久远的洪荒，说明人类早就有过咎由自取，遭受灭顶之灾的经历。但人类总不长记性，诺亚方舟拯救的后人并不本分，早就忘乎所以了。依靠自身的进步与发展，狂想创造更大的奇迹。科技解决了许多难题，却面临更大的困惑。我不知道宗教的产生是上帝的授意，还是觉者的创造，只有一点是可以肯定的，那就是经书的箴言大都是告诫世人要守本分，诸事适可而止。以佛教而言，其思想博大精深，有着深厚的规劝力度，前世、今生、来世之说，以及"因果报应"诠释了世事发展变化。然而，欲望的烈火会焚烧意志的围栏，人们会"费尽移山心力"去追逐一个又一个新目标，哪顾得上聆听寺院的钟声，揣摩经书的真谛。或许，世间的悲哀就是大多数人无法规劝。早些时候，我读了篇关于神秘天体的文章，说卫星在一个星球上发现一座很大的废城，断残的巨柱，崩溃的高楼，依然显示着当年的繁华，最醒目的是废墟上耸立着一尊人头石像，面容凝重悲伤，表现出巨大的痛苦。他们曾经遭受了怎样的灾难，我们不得而知。但眼泪应该是永恒的悔恨和警示。尽管我怀疑文章的真实性，弯曲的问号还是会飞向苍茫的太空，在空旷、阴森、虚无缥缈世界里忧虑渺小的人类。残酷的自然环境不仅会侵入人的灵魂，到了人对残酷无奈的时候，灾难必然是深重的。所以，我们应该解读石像的眼泪。

那年，我在新西兰欣赏纯美的风光，当地人骄傲地介绍说，这是上帝留给人间的最后一块土地。这"最后"就是再也没有了，一片苦心告诫世人不要践踏自己的家园。那么，我的家乡是不是上帝最早赐予的，因为她已承受了太多的磨损，显得斑驳陆离，烙印着这个时代的伤痕。人性是多面的，创造太多，毁坏太多，在复杂的情感世界里牵挂着越来越多的东西，厌恶的舍之不去，留恋的渐趋渐远。于是，千方百计地弥补自身的过失，开始复制自然，人工园林大量走进生活的视野，意在填补精神的空白。枯燥生硬的钢筋水泥大阵营里绿树成荫，鲜花灿烂，却处处散发着人体的气息，人与自然在机械地融和。世间原汁原味的东西只能保护，无法复制，纵然是浩大的人工林也是先天不足。这才是"最后"的真正含意，最后未必是最好的。当然，造林是对自然的道歉，伤疤虽不美丽，但伤口愈合了。如果有一天，缺憾的心灵里长满了愈合的疮痂也是幸运的。

牧歌是温暖的，在回忆和思念中倍感温馨与安宁。牧歌是美丽的，它带着盛夏的涟漪，裹着稻花的芬芳，回荡在恬静的原野。牧歌是难忘的，跳动的音符浸透了山水的灵魂，让西去的流云寄托我深深的怀念。

难以置信的壮举

滇缅公路的诞生凝聚了无数人的鲜血和生命……

今天我们行进在宽阔平坦的320国道上，一时很难想到这条逾越滇西云岭的道路曾经事关中华民族的生死存亡，如果没有公路，那无尽的千山万壑令人无奈；如果

要构筑公路，似乎不可思议，因为在短时间内靠原始工具创造不出人间奇迹，可是战事吃紧，面对侵略者无情的屠刀，中国人民没有选择的余地。为了置之死地而后生，云南人民站出来了，芒市各族人民站出来了，毫不犹豫，迅速组成了前所未有的筑路大军。

日本觊觎中国的野心由来已久，早在1874年5月，就曾出兵3600余人入侵我国台湾，残酷杀戮高山族同胞，后迫使清政府签订了《北京专约》，承认琉球（现日本冲绳县）为日本保护国，并赔偿

日本 50 万两白银。以后若干年间日本多次挑衅，制造矛盾，进犯中国，昏庸无能的清政府只会割地、赔偿，签订不平等条约。1937 年 7 月 7 日卢沟桥事件发生，日本对中国终于发动了全面侵略战争。随着战事的吃紧，形势进一步恶化，日军切断了中国所有的沿海运输路线，企图阻止国际反法西斯同盟对中国的援助，情况十分严重。于是，重新寻求一条陆路运输线成为中国抗战首要的大问题。在这个生死攸关的时刻，"云南王"龙云给蒋介石出了个主意，构筑一条云南至缅甸腊戍的国际大通道。在一切为了抗战的号召下，云南各族人民凭借简陋的工具，不到一年的时间就建成一条举世瞩目的滇缅公路。惊天地、泣鬼神的旷世壮举为中国抗战乃至世界抗战做出了贡献。在滇缅公路的芒畹段，有过一支浩浩荡荡的筑路大军，他们不分民族，不要任何报酬，以超负荷的劳动送走春夏秋冬，以鲜血和生命劈山开路，践行誓死不当亡国奴的精神。

抗战爆发后，一条公路的重要性上升到前所未有的高度，修筑滇缅公路开始在中国高层萌动，指示下达后，云南各族人民不折不扣地执行。在中国，在全世界，没有哪条公路像滇缅公路这样与一个国家、一个民族的命运紧紧相连，没有哪条公路像滇缅公路这样产生得神奇而悲壮。七十多年过去了，如同一首波澜壮阔的史诗，回荡在世人的记忆里。

滇西片国际公路的走向问题一直存在争议：一经腾冲出缅甸；一经龙陵过潞西出缅甸，久议未决。1937 年 11 月省政府决定，滇缅公路衔接段经龙陵过潞西出缅甸。命令各路段限期一年内完成，路基要求宽 5 米多，坡度最大的为 20%，弯道最小的为 10 米；路面材料为泥结细石；不得延期，否则军法从事。芒市土司、遮放土司和勐板土千总辖区人口稀少，路线长，筑路任务极其繁重。所以，设治局长、芒市土司三代办方克光和遮放土司多英培接到上级命令后极为重视，非常着急，在迅速组织动员民工的同时，上书第一殖边督办李曰垓，陈述实际困难：如果仅靠当地力量实难完成任务，建议边疆十土司协助。李曰垓同意两位土司的要求，并很快做出决定：芒市司辖区由干崖（盈江）、南甸（梁河）、盏达（莲山）、户撒司负责修筑衔接龙陵县南天门路段以下的工程，其中梁河修10公里，每天应出工1000人；坝区由芒市负责，每天应出工800人；遮放司辖区由陇川、勐卯（瑞丽）负责三台山路段，遮放司负责坝区，黑山门段由勐板司、遮放司的三角岩乡、梁子街十二寨（乡）负责，每天应出工各1000人。

边疆各土司接到修路任务后，将任务分配到各村寨，各村寨又采用"一家一丁"的办法组成了筑路队。各级政府下了死命令："田可荒，地可荒，筑路工程不能荒。"芒市土司派出专人到法帕、风平、轩岗等地召集布畎（乡长）、布幸（村长）开会，传达省政府关于修筑滇缅公路的指示条文，向群众宣讲修路是抗战的需要，外国人支援中国抗战的大量物资都停放在缅甸的仰光等地，运不进来，只有抓紧时间修路，才能打败小日本，中国才有出路。各村寨接受任务后立即行动，每家出动一人，自带行李、伙食、工具进驻工地，在荒野的草丛中搭建工棚，在极其艰苦的条件下从事繁重的劳动。土司衙门的总指挥随时掌握工程进度，经常沿途检查工程质量。土司监工现场监督，实行严格的管理，早晚各点名一次。白天除吃饭时间外都在紧张地劳作，直到太阳落山，晚上还要干活两个小时。

遮放土司认真落实修路任务，丝毫不敢懈怠，戛中至畹町的工程由司署属官多立昌和公路局测量，陈吉林负责监工，继后由岳猛喊负责。多立周负责户拉至遮放街路段。遮放司坝区段由各布畎负责完成。在"一切为了抗战"的口号下，所辖傣族、景颇族、德昂族、傈僳族、汉族民众同心协力，付出极大的辛劳。为了加快工程进度，遮放司署的属官轮流配合公路局的人员到工地去监工,土司多英培率领多立周每两周参加"滇缅公路进展会议"一次,及时解决存在的困难和问题。为了确保石料供给,当时在遮放坝开辟了两个石场,一个在坝托红石头山,另一个在户拉。民工开山劈石,用碎石铺路、架石桥、砌涵洞,日夜奋战在工地上。由于组织得力,团结协作,工作落实到位,所以工程进度较快,遮放司段未到期限就提前完工,并前去帮助盈江司段完成任务。

滇缅公路芒遮板辖区路段开工后,各司人民都投身到抢修公路的热浪中,从边关畹町到芒市组成了一支庞大的筑路大军。沉静的荒野,沸腾的喧嚷声,间杂着轰隆隆的爆破声,工地内外只见牛马驮运石头,老少民工挥舞锄柄,挑土搬石,忙碌不堪。这是边疆历史上从未有过的宏大场面,广大民工的脑海中凝结着七个字,那就是"誓死不当亡国奴"。在轰轰烈烈的筑路工作中,有少数人因积极性不高,影响工程进展而受到惩处。如盈江司民工拖沓,带队人刀三怪的岳父被督办申斥关押在龙陵县监狱。这一杀一儆百之举,威震各司,促使工程进度进一步加快。

滇缅公路由于地形复杂,修路施工多是与高山峡谷、河流险滩搏斗,工程异常艰巨。芒遮板负责的龙潞、潞畹段更是气候恶劣,历来就是令人谈虎色变的"瘴疠区",民工的生命时时受到威胁。就是在这样的境况下,1938年1月,边疆各族人民走出家门来到筑路工地,他们要自带粮食和工具,施工地点没有现成的住房,他们只能住在临时搭建的窝棚或山洞,一张席子一堆草就是他们的床,吃的是山茅野菜、粗茶淡饭,干的是高强度的体力劳动,每天从早干到晚,吃饭、休息时间仅有两三个小时。尽管如此,绝大多数民工还是忍受着巨大痛苦,以惊人的毅力日夜苦干。他们唱着:"修公路,大建树;凿山坡,就坦途;造桥梁,利济渡……"没有水泥,他们自烧石灰、黏土作水泥；没有火药，就用土法制造火药；没有压路机，他们用石碌压路；火药供应不上，就采用两千年前修"樊道"的火烧法，用柴火烧岩石，激水崩裂；更有众多民众为此牺牲、致残……

但是，人的力量始终是有限度的，对年平均进度仅有90公里筑路能力的云南来说，要在短短的时间内修出一条漫长的公路谈何容易。各段工程人员和筑路民工虽竭尽全力，仍未能按期完工。省政府初限1938年3月底通车，后延期到5月底，但时至6月底，亦未能通车。省政府因国难当头，修路心切，遂以公路局督责不力，各段工程人员"恶习太深，敷衍成性，任意拖延"（《云南省公路交通史·公路篇》），应从严惩处。7月1日下令给各段工程人员记大过一次，罚月薪十分之三；对部分地方官绅也做了惩处，其中龙陵、潞西、莲山的县长和设治局长各记过一次；瑞丽、腾冲、陇川的县长和设治局长各记大过一次；盈江设治局长未遵令到段，工程拖欠特多，予以撤职。

进入夏季，雨季来临，工程难度更大，省政府不得不再次延期到7月底完成。盈江承担龙潞段双坡以下10公里的地段，因死者、病者多，加之粮食缺乏，民工全部逃散，后由潞西代雇工2000人赶修。七八月份，大雨滂沱，修成的路面因塌方严重损毁。潞畹段中有两座木桥被冲毁，山坡、路面多处塌方，但艰难困苦没有吓倒工程技术人员和民工们，他们风里来雨里去，清除坍塌土石，排险导流，奋力抢险。德宏各族人民不辞辛劳，以巨大的牺牲精神将滇缅公路的末端延伸到畹町的中缅边界，全长100余公里。

1938年8月31日，昆明至畹町终于全线通车，滇缅公路曲曲折折地穿过了世界上最复杂的地貌和最崎岖的山区。它东起昆明，经安宁、陆丰、一平浪、楚雄、凤仪、漾濞、保山、龙陵、芒市、畹町，全长1183.366公里。全线路基宽度为5—10米，坡度最大者

20%，弯道最小者 10 米，路面材料为泥结碎石。

这条蜿蜒曲折地盘在滇西高原的公路，是滇西各族人民鲜血与生命的凝结。在筑路过程中，被工伤事故和疾病所夺走的生命，当时没有确切记载，现在当然也无法统计，有人估计死亡率约为 1.5%。据当时《滇缅公路完成了》一文记载："曾经有不少的征服自然的男女战士粉身碎骨，血肉横飞，怪可怕地死于无情的岩石底下，怪凄惨地牺牲于无情的大江之中，还有不少的开路先锋则死于恶性疟疾的暴病之下。"据盈江设治局报：该局负责白花洼至新桥河 10 公里的地段，"民工死亡男 156 人，女 23 人"（《云南省公路交通史·公路篇》）。修筑 10 公里便有如此惨重的死亡，那么滇缅公路全线的修筑共付出了多少生命的代价，便可想而知了。在这些献出生命的人当中，有的甚至尸首腐烂在山林多日才被发现；因工伤致残者为数就更多了。滇缅公路横空出世，血肉之躯惊天地。如果说在中华民族最危险的时刻，中国军人在战场上与日寇进行殊死的较量，铁血军魂弥漫着血色的正义，那么，德宏各族人民则以简陋原始的工具向坚硬险峻的云岭高原挑战，华夏儿女用百折不挠，艰苦耐劳的钢铁意志创造了震惊世界的奇迹，通过成千上万人的流血牺牲，开辟了贯通千里的抗战运输大动脉，赢得了战局的主动。这种精神是全世界任何民族所不及的，滇缅公路在不到一年的时间就呈现在世人的视野里，不但完工迅速，而且设计精良，博得了世界人民的高度赞誉。公路修通后，蒋介石即电告驻美大使通知美国政府。美国政府不信，罗斯福总统电令驻华大使詹森取道滇缅公路回国，顺路视察。詹森到美后，向罗斯福报告说：这条公路选线适当，工程艰巨浩大，没有机械施工而全凭人力修成，可同巴拿马运河的工程媲美。英国《泰晤士报》连续三天发表文章，称赞："只有中国人才能在这样短的时间内做到。"当作"万里长城一样的奇迹"！滇缅公路的诞生，打破了日本侵略者彻底封锁中国的计划。因为之前日军认为中国军队缺乏武器，人民贫穷落后，食不饱肚，衣不遮体，公路还未修通，战争就结束了；他们从短时间内灭亡中国的美梦中惊醒，不得不重新调整战略部署，策划新的阴谋。

滇缅公路虽已通车，但滇西多雨，路坍桥毁的情况时常发生，车辆也时常阻隔于途中。省政府饬令潞西、梁河、陇川、瑞丽四设治局及其他沿途各县，遇有公路断阻，得随时征工抢修。整个抗战期间，德宏各族儿女一直担负着维护龙潞、潞畹公路畅通的任务。

随着时间的流逝，艰苦卓绝的历史画卷依然储存在古稀老人的记忆里，七十余年过去，当年参加修筑滇缅公路的芒市人健在的已不多，世间早已沧海桑田，但作为亲历者每每讲起那段历史便潸然泪下，老者侃侃而谈，我们静坐聆听，历史的天空阴霾密布，一条生命之路自昆明向滇西延伸，抵达祖国遥远的边陲。滇缅公路的末端，千军万马，日夜喧嚣……朴实坚强的人民，流汗、流血甚至献出生命也绝不屈服，那是一场锁定生死的奋战，没有选择的冲刺，民族矛盾的搏击考验着每一个人，一段锁定生死的记忆刻骨铭心。

结 束 语

月亮与石头对话还在继续，不同梦境组成伟大的华夏之梦……

民族文化，贵在融合，一如江河湖海，各种民族文化的差异，只在于后来的发展，与最初的源头并无多大关系。因为每个民族最初确立自己的原始图腾时，内容相差无几，只是在后来的发展过程中，才逐渐形成了各自的特色……月亮与石头对话还在继续，大大小小的梦境组成伟大的华夏之梦，为了走向更辉煌的时代，边陲各族人民一路高歌，创造自己的未来——因为只有创造，才会有文化的新生。

后　记

读懂父母的养育之恩，体会乡人的勤劳与厚朴。

小时候，周围都是逶迤的大山和古老静谧的森林，身边的人每天肩负着沉重的什物攀越弯曲的山路，他们最奢侈的享受就是夜间睡上一觉，天蒙蒙亮起来伸个懒腰。印象中母亲每个街天都要挑着山货进城去卖，子夜过后一位艰辛的农村妇女就隐没在漆黑的夜幕中。阳光清丽的白天，我常常坐在山坡上观云，把莫名其妙的想象寄托在千奇百怪的流云中，期盼着母亲赶快回家，让我吃上几粒甜蜜蜜的糖果，那种开心舒逸的感觉几十年不会忘却。

稍微懂事的时候，我就在想，世间应该有一种书专门讲述老百姓的喜怒哀乐，诉说生活的艰辛和内心的希冀。后来，我与文学一见钟情，朝夕相伴。她让我从心灵深处去读懂父母的养育之恩，去体会乡人的勤劳与厚朴。流年似水，人在旅途，逐渐走进更宽阔的领域，行走德宏山水间，文学情结有增无减，继而母亲和故乡的印象成为我人生的底色。边陲大地，一分土地一份情，我在文学的海洋里寻找傣乡的"竹枝词"，那里充满了诗意；赏析景颇山的斑色花，那里绽放着智慧；聆听德昂人的水鼓，感受深沉的记忆……

小情感融入大情感，感慨历史、关注社会、体验生活、思索人生，作品日积月累，即将付梓。

　　《月亮与石头对话》的出版发行，得到各级领导和文友的大力关心与支持。诚恳致谢州纪委原书记赵镇康同志，诚恳致谢德宏民族出版社原社长舒生跃同志和副社长王稼祥同志、芒市委宣传部杨顺昌部长和市人大常委会副主任杨黎蓉同志以及为此书校对、绘画插图的李丽、冉清雯、李天义、陈国总等各位文友。他们永远是我勤奋创作的动力。

　　谨以此书，献给所有爱我的人和我爱的人。